いばらの髪のノラ

thorn-haired Nora

Ⅱ 雨の都と月の竜

日向理恵子◆作
吉田尚令◆絵

童心社

かつて、人も魔女《まじょ》も、
ひとしく野に住まい、
太陽と月のもとで同じ暦《こよみ》を数えていた。

あるとき、人は火の神を飼《か》いはじめ、
魔女《まじょ》を領地《りょうち》から追いやった。
魔女《まじょ》たちは、神を飼《か》う人と、
住む場所をわかつことにした。

大地の魔女《まじょ》が、棲《す》み家《か》をくみ立て、
息吹《いぶき》の魔女《まじょ》が、それを空へ浮《う》かべた。
波の魔女《まじょ》が、雨と雲で棲《す》み家《か》をかくし、
灯《あ》かりの魔女《まじょ》が、
棲《す》み家《か》に永遠《えいえん》の旅をさせた。

こうして。
人と魔女《まじょ》の住む世界はわかれ、
いまもふたつは、まじわることがない。

第1章

第2章

thorn-haired Nora

リンゴ
火の神〈神炉《じんろ》〉のいけにえ
にされかけた子ども。

ノラ
11歳の魔女《まじょ》。おどろいた拍子《ひょうし》
にしか魔法《まほう》が使えない。

ココ
ノラの三番めの姉。

ラウラ
ノラの二番めの姉。

ズー
ノラのいちばん上の姉。

シュユ・シン
〈神炉《じんろ》〉の火の使い道を
発見した人物。
時の牢《ろう》にとらわれている。

タタン
猫《ねこ》と人間の血を
混《ま》ぜられた子ども。

ソンガ
ノラを乗せて飛ぶヤギ。

第1章

1　雨降《ふ》りの町

小さな光が、ノラの目の前を行ったり来たりしていた。

淡《あわ》いアザミ色の光は、夕暮れの色にも、夜明けの色にもゆらめき、見ていると時間の感覚がとろけてゆくようだった。

雨の音が、ずっと響《ひび》いている。

何度もまばたきをするうち、頭が痛《いた》くなってきた。とりわけ、ひたいがずきずきと痛《いた》い。

(しかたないや。だって、盗賊《とうぞく》ネズミにつめで引っかかれたんだもん。でも、よかった。リンゴがこんな目にあわずにすんで……)

その名前が頭に浮《う》かんだとたん、ノラははっと息を飲み、体を起こした。

ノラは、ベッドの上にいた。静かな部屋のなかをちらちらと飛んでいるのは、ソンガにもらったアザミ色の妖精《ようせい》の火の玉だ。部屋にいるのはノラだけで、ほかにはだれもいなかった。窓《まど》の外は、どうやら昼間で、細い雨が窓《まど》ガラスをぬらしている。

ひたいにふれてみると、きちんと包帯《ほうたい》が巻《ま》かれていた。三つ編《あ》みはほどけて、ごわごわの髪《かみ》が好きほうだいに頭のまわりで暴《あば》れている。

ここは、どこだろう？　どうしてこんなところにいるのか、ノラは胸《むね》の底からあふれてくる疑問《ぎもん》を、歯を食いしばって押《お》しとどめた。

ちくちくと指を刺《さ》す髪《かみ》の毛をにぎりしめて、ノラはなんとか、記憶《きおく》を引っぱりだそうとした。

魚の森。一人ぼっちのホゥカと〈ラ〉。火をはなつネズミたち……。

吸《す》いこむ息が、急につめたく感じられる。

（……ソンガもリンゴも、なんでいないんだろう？　あたし、どうやってここへ来たんだろう？）

いったいどれくらいのあいだ寝《ね》ていたのかも、わからなかった。ノラは着なれた服と旅用のマントではなく、白い寝間着《ねまき》を着ている。足首の鈴《すず》だけがそのままだった。あわてて胸《むね》に手をあてると、竜《りゅう》の鱗《うろこ》の袋《ふくろ》は、ちゃんと首からさがっていた。暴《あば》れだしそうになる心臓《しんぞう》を落ちつかせるため、ノラは、本のページが入った袋《ふくろ》をにぎりしめ、できるだけゆっくりと息をした。

とにかく、ここがどこだか、たしかめなくては。だれもいない部屋のなかをもう一度見まわし、清潔《せいけつ》そうなベッドから、おそるおそる床《ゆか》へ足をおろした。

——チリン。

鈴《すず》の音が、二重になって響《ひび》いた。ベッドからおりるノラの足もとを、するりと、なにかがすりぬけていったのだ。

ミャオ、と高い声で鳴いたのは、銀色の毛並みの猫《ねこ》だった。ノラの足首にあるのとそっくりな鈴《すず》が、首にリボンで結《ゆ》わえつけてある。

「あんた、だぁれ？　ここの猫《ねこ》なの？」

ノラが問いかけると、猫《ねこ》は水色の目をくるりとこちらへむけて、「ニャオ」と鳴いた。それはただの猫《ねこ》の鳴き声で、ノラにはその意味を聞きとることができなかった。

細く開けられたドアのすきまから、猫《ねこ》がするりと出てゆく。ノラは頭のまわりで暴《あば》れる髪《かみ》を押《お》さえつけながら、あわててそのあとについていった。サンダルが見あたらないので、はだしのままで廊下《ろうか》へ出た。マントも、かばんもない。どこに置いてあるのだろう？　それとも、もうもどってこないのだろうか？　ノラのまわりを飛んでいた妖精《ようせい》の火の玉は、ノラが動きだすと、すばやく髪《かみ》の毛のなかへかくれた。

廊下《ろうか》もしんとしていた。壁《かべ》も床《ゆか》も、見たことのない白い石でできている。白いのに、ほのかな青や木イチゴ色のつぶが混《ま》じっていて、手ざわりはひんやりとつめたい。

(だれか、いた気がするのに。ここまでいっしょに……)

ノラはつめたい壁《かべ》に手をあてて体をささえ、ふわふわとおぼつかない足で、前を行く猫《ねこ》についていった。細いしっぽは光のかげんで、銀色にも灰色《はいいろ》にもなる。……あの猫《ねこ》によく似《に》ただれかが、いっしょにいたはずだった。

歩きながら耳をすますけれど、聞こえるのは雨の音と、ノラと猫《ねこ》、それぞれの鈴《すず》の音だけ。ここはまるで、だれもいない世界みたいだ。

するりと、猫《ねこ》がつきあたりのドアのすきまをくぐった。ノラは壁《かべ》から手をはなし、いそいでドアの把手《とって》をつかんだ。おそるおそる、なかをのぞきこむ。

「あっ、あの子だ!」

声をはずませてふりむいた男の子と、まともに目があった。ノラはぎくりと身をすくめる。猫《ねこ》が、椅子《いす》にかけている男の子のひざへひょいと飛びあがると、甘《あま》えてその手に頭をこすりつけた。

「ウラナさん、あの子起きたよ！」

椅子《いす》から身を乗りだして、男の子がさけぶ。ノラと同い年か、もうすこし小さいくらいかもしれない。まるいめがねをかけ、床《ゆか》からわずかに足を浮《う》かせて座《すわ》っている男の子のひざで、猫《ねこ》はどこか得意《とくい》げにのどを鳴らしている。

「おやおや、ほんとうに？」

べつの声がして、エプロンで手をふきふき、白い髪《かみ》の女の人が奥《おく》からすがたを現した。ノラはとっさに、廊下《ろうか》へ逃《に》げようと足を引いたが、もうおそかった。

「もう熱はないみたいね」

さっと近づいてきて、女の人がノラのひたいにふれた。よく使いこまれた、ふしのめだつ手だった。女の人はくっきりとした笑《え》みを浮《う》かべると、ノラの肩《かた》に手をそえ、部屋へ入るよううながした。

「こっちへいらっしゃい。あたたかいスープを入れましょうね」

ノラが入ってきたのは、よく片《かた》づいた台所だった。この部屋の壁《かべ》や床《ゆか》も、色のつぶをふくんだ白い石でできており、鉢植《はちう》えを飾《かざ》られた窓《まど》から、雨を透《す》かした外の明るさがたっぷりととりこまれている。

「ここに座《すわ》りなよ」

男の子が、自分のとなりの椅子《いす》をしめす。髪《かみ》の毛はまるみのあるかたちに切りそろえられ、顔に対して大きなめがねもまるいので、その物腰《ものごし》は、いっそうやわらかく見えた。すすめられるままにノラが座《すわ》ると、男の子はひざの猫《ねこ》が落ちないように両手で抱《だ》きしめ、頬《ほお》をかがやかせて身を乗りだしてきた。目の前のテーブルには、どうやら読んでいる最中だったらしいぶ厚《あつ》い本がひろげられている。

「気分はどう？　びっくりしたなあ、フプにそっくりな男の子が、きみをかつぎこんできたんだもの」

男の子は、とびきりおもしろい冒険《ぼうけん》物語を読んでいるかのように、声をはずませる。

「フプ？」

ノラが問いかえすと、男の子のひざの上で、猫《ねこ》が「ミャオン」と高く鳴いた。

「フプは、この猫《ねこ》の名前。ぼくはルホ。こっちはウラナさんだよ。……きみをつれてきた男の子は、ちょうどこのフプみたいな色の三角の耳と、ひげと、しっぽがあったんだ。見まちがいじゃないよ、全員が見たんだから」

ルホと名乗った男の子は、色の白い顔を猫《ねこ》の頭の上にのせる。

猫《ねこ》にそっくりな男の子――タタンだ！

「そ、その男の子、どこにいる？」

ノラがたずねたとき、ちょうど、ウラナという女の人が、スープの入ったマグをテーブルに置いた。

「それが、あなたのことだけここへたくして、どこかへ行ってしまったの。ほんとうに猫《ねこ》みたいに、足がはやくて」

ウラナさんがゆるゆると首をふった。髪《かみ》はすっかり白いのに、頬《ほお》にはサクランボ色の赤みがさし、瞳《ひとみ》はくるくるとよく動く。

「ほかには？　ほかに、いっしょにいなかった？　あたしくらいの女の子と、ヤギが」

「いいえ、あなたをつれてきたのは、その男の子だけでしたよ」

「そう……」

うなずきながら下をむくノラの顔に、スープの湯気が、ふわりとふれた。

「さあ、まずは食べなさい。体をあたためて、力をつけなくっちゃ」

ウラナさんにそう言われて、ノラは、スプーンをつかんだ。かきまぜて口へ運ぶと、体が雨を待っていた土みたいに、

栄養《えいよう》をうけ入れてゆくのがわかった。自分がどれほど空腹《くうふく》だったか、こまかな野菜がとけこんだスープを飲みながら、ノラはいやというほど思い知った。

「ここは雨鳥《あまどり》の都といって、一年じゅう雨が降《ふ》っているの。訪《おとず》れる人なんて、もうずっといなかったのに。われわれに、すこしばかり医学の心得《こころえ》があったからよかったけれど……もうすこし手当てがおくれていたら、どうなっていたか」

一心に食べるノラのむかいにかけて、ウラナさんが頰《ほお》に手をあてた。

「あなたは、いったいどこで、そんなけがをしたの？　どこから来たのか、教えてちょうだい」

マグをからっぽにすると、ノラは手の甲《こう》で口もとをぬぐった。姉さんたちがいたら、行儀《ぎょうぎ》が悪い、としかられるのに——いま、ノラをしかる人は、ここには一人もいなかった。

どうしたらいいのか迷《まよ》って、ノラははだしのつま先をつきあわせた。魔女《まじょ》だと知ったら、この人たちは、ノラを追いだしてしまうかもしれない……親切そうな人たちに見えるが、ぜったいにそうならないという保証《ほしょう》はなかった。ソンガもリンゴもそばにいないいま、慎重《しんちょう》にならなければ、自分の身を守れない。

（だけど……やっぱり、悪い人たちには見えないし。ぜんぶ正直に話すことはないんだ。あたしが魔女《まじょ》だって、わからないようにすれば）

たすけてくれた人たちに、なにも言わないままというわけにはいかない。それに、話さなければ、ソンガやリンゴの行方《ゆくえ》も、わからないままになってしまう気がした。

覚悟《かくご》を決めて、ノラは顔をあげた。

「あ、あたしは、ノラっていって――」

たどたどしく、ノラは話しだした。ウラナさんもルホも、信じられないという表情で、けれども真剣《しんけん》にノラの話を聞いてくれた。自分の正体や〈黄金《おうごん》の心臓《しんぞう》〉のことは打ち明けず、ノラは、はなればなれの家族を探《さが》しているのだということにした。

ルホのまるい目が、悲しそうにしばたたかれるので、ノラは自分がとんでもないうそつきになってしまった気がした。

「まあ、そんなたいへんな思いをしてきたの？　あなたのような小さな子が」

ウラナさんが手で口もとを押《お》さえ、眉《まゆ》を寄せる。ノラはうしろめたさに、ぼうっと顔が熱くなるのを感じた。

（……どうしよう。この人たち、きっといい人なのに。だけど、ほんとのことを言って、出てけって言われたら？）

もしこの家からほうりだされたら、ノラには自分がいまどこにいるのかすらわからない。ソンガたちに、自分の居場所を知らせるすべすらないのだ。

胃袋《いぶくろ》が引っくりかえりそうになっているノラの肩《かた》に、ウラナさんが手を伸《の》ばしてきた。

「ノラ。ここには、いつまでいてもいいんだからね。わたしたちしかいない、さびしい町だけれど、ここを自分の家だと思って」

「え？」

ノラは、恥《は》ずかしさに頬《ほお》をこわばらせたまま、顔をあげた。

わたしたちしかいない？　それは、どういう意味だろう……？

ルホが猫《ねこ》のあごをなでながら、とまどっているノラにむきなおった。

「ここはね、もともと、学問に人生をささげると決めた人たちが住む都だったんだ。年じゅう雨が降《ふ》っているから、日に焼けて本がだめになることもないし、気温も一年を通してほとんど変わらないから、薬品の保存《ほぞん》にもむいているんだって。湿気《しっけ》が多いのが問題だったけど、それも神炉《じんろ》のおかげで解決できた」

「神炉《じんろ》？」

ノラの髪《かみ》のつけ根が、ぞわっとさわいだ。

「そう。この都には、専用《せんよう》の神炉《じんろ》があるの。そのおかげで、すべての建物のなかが、よりいっそう書物や資料、薬品を置いておくのによい環境《かんきょう》にたもたれている……この雨鳥《あまどり》の都は、人々が学問の研究に打ちこむのに、これ以上ない環境《かんきょう》だったのよ。以前はね」

ウラナさんの声音がそっとしずんで、ノラは眉《まゆ》を寄せた。以前は、というのは、どういう意味だろう？　いまは、そうではないのだろうか？　ほかの人たちは、みんな、どこかへ出かけてるの？

「……ここ、とっても静かだけど、どうしてなの？　ほかの人たちは、みんな、どこかへ出かけてるの？」

そうたずねたのは、あたたかいスープを飲んで、ノラの魔女《まじょ》としての感覚がもどりつつあるからだった。まわりの気配がさっきよりはよくわかるようになってきたのに、やっぱり、人の気配が薄《うす》すぎる。

ウラナさんとルホが顔を見あわせた。ノラにはわからない、まなざしだけのやりとりをして、二人は、小さくうなずく。

「じつはね、ノラ。いまこの都には、ほかに人がいないの」

ウラナさんが、悲しそうな笑《え》みを浮《う》かべて言った。

「え？」

「わたしと、ルホたちだけ――ほかの人たちは、みんな、この町を出ていってしまったのよ」

「出ていった？　なんで？」

「神炉《じんろ》が暴《あば》れたんだ」

くちびるを噛《か》んだのは、ルホだった。声が、重くしずみこむ。

「神炉《じんろ》が暴《あば》れて、ここにいた大勢《おおぜい》の学者や医者や研究者は、みんな逃《に》げていった。ぼくらの、父さんと母さんも。……残っているのは、この家に住んでるぼくらだけなんだ」

ひざの上の猫《ねこ》を、ルホがさびしそうになでた。それを見て、ウラナさんが頬笑《ほおえ》みながら眉《まゆ》じりをさげる。

「フプにも、スースという仲のいい猫《ねこ》がいたのだけれどね。おわかれになってしまった」

「で、でも、それならどうして……」

どうしてほかの人たちといっしょに行かなかったのかと、ノラが問う前に、ルホが気弱そうな顔にくっきりと笑《え》みを浮《う》かべた。

「兄さんがね、だれかがあの神炉《じんろ》について調べなきゃならないから、って、ここに残ることを決めたんだ。だから、ぼくらもここにいる」

「兄さんって――？」

そのときだった。

勝手口のドアが開いて、雨具をまとっただれかが入ってきた。つめたい雨のにおいが、台所の空気と混《ま》ざりあう。

「ただいま。今日も変化なしだ。あの魚のほうは……」

雨具のフードをずらすと、男の子の顔が現れた。ノラやルホよりも、うんと大人に近い年齢《ねんれい》の男の子だ。ルホとは反対に、厳《きび》しい目つきをしている。雨具を脱《ぬ》いで壁《かべ》にかけようとした男の子は、椅子《いす》に腰《こし》かけているノラに、ふと目をとめた。ノラがいることに、いまはじめて気づいたというようすだ。

「魔女《まじょ》っていうのは、みんなそうか？」

ノラのことを見て、たしかにそう言った。

「みんな、そういう針金《はりがね》みたいな髪《かみ》の毛をしてるのか?」

とつぜんのことに言葉を失っていたノラは、なにを言われたかをだんだんに理解して、ぶるぶると肩《かた》をふるわせた。

「な、な、なんて言った――？」

猫《ねこ》のフプがルホのひざからするりと飛びおりて、帰ってきたばかりの男の子の足に体をこすりつける。

「……兄さん、なんのこと？　魔女《まじょ》、って」

ルホが、目をまるくしている。兄さんと呼《よ》ばれた男の子はおかまいなしで、タオルで頭や肩《かた》をふき、やかんに残っていたお湯で自分用のお茶をいれはじめる。こちらに背《せ》をむけたままで、男の子は言った。

「その足首の鈴《すず》。どこにも結び目のない糸でくくりつけられている。鈴《すず》の金属《きんぞく》も見たことのない素材《そざい》だ。それからその耳飾《みみかざ》り、〈月光金《げっこうきん》〉という金属《きんぞく》でできているみたいだ。これは、まだ魔女《まじょ》が地上にいたころ、人間にはけっして使わせなかった貴《き》重《ちょう》な金属《きんぞく》だと文献《ぶんけん》に残っている。そこからの推測《すいそく》だけど、あたっていたみたいだ」

つらつらと言うだけ言うと、お茶のカップを持って、ルホの兄さんは台所から出てゆこうとする。

「ちょっと、待ってよ！　あたしの髪《かみ》のこと、なんて言った？」

「それが魔女《まじょ》の特徴《とくちょう》なのか、興味《きょうみ》があっただけだ」

それだけ言い残して、ルホの兄さんはドアを閉《し》めてしまった。猫《ねこ》のフプが、銀色の影《かげ》のようにその足もとをついていった。

思わず椅子《いす》から立ちあがっていたノラは、視線《しせん》を感じて、はっとふりかえった。ウラナさんとルホが、あっけにとられた顔をして、こちらを見ている。ノラはいずまいを正して、言いわけを考えようとしたけれど、ただもう、くちびるが引きつるばかりだった。

「ノラ……いまの、ほんとう？」

ルホが、まるいめがねの奥《おく》で、まばたきをくりかえした。

「あ、あのう、そのう……」

言葉がすっかりもつれて、ノラの口から出てこない。――と、

「すごいや、魔女《まじょ》だなんて！」

椅子《いす》を蹴《け》たおすいきおいで立ちあがると、ルホが、ノラの両手を持ちあげてにぎった。

「夢《ゆめ》みたいだ。ぼく、一度でいいから、ほんものの魔女《まじょ》に会ってみたかったんだ！」

ルホの目はきらきらかがやき、色白の頬《ほお》が赤くなっている。

（これは、なんだか……）

ノラは、いつまでも降《ふ》りつづいている雨の音を耳にとらえながら、うれしそうなルホの顔を見つめた。

（ヒオのときと、同じみたいだ……）

2 湖の神炉《じんろ》

『あっ、ノラ。また頭にクモの巣《す》なんか、くっつけて』

二番めの姉さん、ラウラが、こわい顔をして廊下《ろうか》のむこうから歩いてくる。いつも身につけたままの短いマントが、鳥の翼《つばさ》みたいにはためいた。

ソンガのいる厩舎《きゅうしゃ》に行こうとしていたノラは、びくりと立ち止まった。ラウラはずかずかとせまってきて、しかめっ面《つら》でノラを見おろした。

『まるで、屋根裏専用《やねうらせんよう》のはたきみたいじゃない。どうせ、ほんとうに屋根裏《やねうら》にもぐりこんで、幽霊《ゆうれい》とかくれんぼでもしてたんでしょ？　やめてよね、ほかに友達がいないからって。そんなかっこうでうろうろしてたら、あたしたちが笑われるんだからね』

『ち、ちがうもん、これは……』

これは、書庫《しょこ》でくっついてしまったのだ。ノラは、本を読んでいたのだ。ひいひいおばあさんの化身の蛾《が》が鎮座《ちんざ》する、北の塔《とう》の書庫《しょこ》で。

ノラが、のどもとに引っかかってしまった言葉を引っぱりだそうと、汗《あせ》ばむ手をにぎりしめたとき、横あいの部屋のドアが開いた。涼《すず》しげな顔をのぞかせたのは、ズーだった。

『なにをさわいでいるの？　――まあ、ノラ、ひどいかっこうね』

一番上の姉さんが、そう言って首をかしげると、ノラの髪《かみ》とは似《に》ても似《に》つかないなめらかな黒髪《くろかみ》が、さらりと肩《かた》をすべった。

『いらっしゃい。なおしてあげるから』

ズーが、ドアを大きく開けた。ラウラに肩《かた》をつつかれ、ノラは姉さんの部屋に入った。ベッドのとなりの鏡台の前に座《すわ》らされると、大きなクモの巣《す》を頭のてっぺんにべっとりとへばりつけた自分が映った。古い巣《す》だったらしく、羽虫のかわりに、薄《うす》汚《よご》れた埃《ほこり》をたっぷりとまとわりつかせている。

姉さんたちは、二人がかりでクモの巣《す》をとりのぞき、二本の三つ編《あ》みをほどいた。ノラが自分で無理やりまとめた髪《かみ》をほぐし、左右からブラシをかけはじめた。

『まったく、ほんとうに手におえないくせっ毛ね』

『せめて、もっときちんと編《あ》まなくちゃ、かっこうがつかないよ』

両側から文句を言われながらも、ノラはおとなしく、鏡の前に座《すわ》っていた。

鏡台には、香水《こうすい》や化粧品《けしょうひん》や、ちょっとした魔法《まほう》の薬品の小《こ》ビンがところせましとならんでいる。ノラにはどうやって使うのかさえわからない、さまざまなかたちと色の道具と小《こ》ビンが、くらくらするほど甘《あま》やかなかおりをはなっている。二人の姉さんの手は、みるまにノラの髪《かみ》からもつれをほどいていった。ひんやりとしたズーの手と、少々乱暴《らんぼう》だけれど、あたたかいラウラの手。二人の姉さんの手は、魔法《まほう》を編《あ》みあげるみたいに、みるみるうちにノラの髪《かみ》をきちんと整えてゆく。ノラは、自分の髪《かみ》がもっと長ければいいのにと思った。そうしたらまだ、姉さんたちに髪《かみ》を編《あ》んでいてもらえるのに。

そこへドアが開いて、三番めの姉さんが入ってきた。古いぶかぶかの手袋《てぶくろ》で指先の見えない手が、片目《かため》のない人形を抱《だ》いている。人形の首が、かくんとかたむいた。

なにか用事があったはずの三番めの姉さんは、ノラのすがたを見るなり、入り口で足を止めた。

『こっちへ来なさい。ココの髪《かみ》も、といてあげましょう』

片手《かたて》でノラの三つ編《あ》みをささえながら、ズーがブラシを持ちあげた。その手へ視《し》線《せん》をむけるとき、お母さんから色をうけついだココの金の髪《かみ》が、たしかにざわっと浮《う》かびあがった。

『いやよ』

ブラシがズーの手から吹《ふ》き飛んで、床《ゆか》のすみでまっぷたつに割れた。ココは首をしめるように、人形をきつく抱《だ》きしめた。

『ノラの髪《かみ》にさわったのと同じブラシなんて、いや』

……いやな夢《ゆめ》が、透明《とうめい》な仮面みたいに顔面にとりついていて、ノラは息をするのに、ずいぶん時間をかけなくてはならなかった。

ベッドの上で二度めに目をさましたとき、ひたいの痛《いた》みはほとんど引いていた。薬を飲んで、もっと体を休めなさいと、ウラナさんにベッドへもどされたのだ。

ノラは立ちあがり、廊下《ろうか》へ出た。フプはいなかった。長い時間眠《ねむ》った気がするのに、窓《まど》から入る雨ごしの日光は、先ほどとあまり変わっていないように見えた。

（もしかしたら、まる一日寝《ね》てたのかもしれない）

時間の感覚を完全に失っている。焦《あせ》りが苦《にが》い汁《しる》のように、胸《むね》の底から湧《わ》いてきた。こうしているあいだにも、ソンガやリンゴとふたたび会うことが、どんどん不可能に近づいていっているのではないだろうか？

足首の鈴《すず》の音だけを引きつれて、ノラは、廊下《ろうか》を台所とは反対のほうへ歩いてみた。すぐドアがあって、開けてみると外へ通じている。雨のにおいが、ノラの顔をつつみこんだ。

通りは静まりかえっている。道のむこうにならぶ家々の窓《まど》が、住む者を失った暗がりをぽっかりと見せていた。ルホたちの言ったとおり、ほんとうにここにはほかの住人がいないみたいだ。

時間までもが息をひそめているような町のどこかから、そのときふいに、かすかな声が聞こえた。耳でとらえたのではなく、魔女《まじょ》だけが持つ感覚が、その声を聞きつけたのだった。

（だれだろう……？）

なにかの気配が、ノラを呼《よ》んでいた。いや、ノラにむかってではなく、ほかのだれかに呼《よ》びかけているのかもしれない。とにかく、ルホたちでもない、べつの人間でもない何者かの耳には聞こえない声が、ノラの耳の奥《おく》にしのびこんできた。

ドアのすぐ外のひさしの下に、傘立《かさた》てがある。サンダルははいていないけれど、まるみのある石で舗装《ほそう》された道は、はだしでも歩けそうだった。

勝手に出かけたら、ルホやウラナさんを心配させてしまうにちがいない。

しかし、声はいまにも消え入りそうにはかない。いますぐ行かなければ、この声は聞こえなくなってしまいそうだった。ソンガもリンゴもそばにおらず、自分がどこへ来たのかもはっきりわからないままでいる心細さが、ノラの足をふみださせた。借りてゆこうかと思った傘《かさ》をとることも忘《わす》れて、ノラは、歩きだした。

家々はどれも同じ、ほのかな色のつぶをふくんだ白い石でできていた。それが雨にぬれて、ぼうと淡《あわ》い光をはなっているように見える。そのせいで、町は陰気《いんき》な感じがしなかった――人がいないことをのぞいては。

道はゆるやかな坂になっている。ノラは耳には聞こえない声に導《みちび》かれて、坂の下へと進んでいった。帰り道を見失わないよう、ときどきふりかえっては、自分がいた家の場所をたしかめた。

坂の下へ進み、三度めにふりかえって、ノラは小さく声をあげた。

屋根の上で、大きな灰色《はいいろ》の翼《つばさ》がはばたいた。スレートぶきの屋根に、首と足の長い、大きな鳥がとまっている。気がついてみると、あちらの屋根にも、こちらの屋根にも、大きなくちばしに灰色《はいいろ》の翼《つばさ》の鳥がたたずんでいた。ウラナさんがここのことを、雨鳥《あまどり》の都と言っていた。雨鳥《あまどり》というのは、あの鳥のことだろうか。人がいなくなっても、鳥たちは、この町にとどまりつづけているのだ。あの呼《よ》び声は、鳥たちのものだったのだろうか？

いや、ちがう。ノラはまた坂の下をめざして、歩きつづけた。

コォ、と声がした。見あげると、屋根の上の鳥の一羽が、長いくちばしを上にむけ、鳴いている。空気をふるわせながらのぼってゆくその声にこたえて、雨脚《あまあし》がいっそうあざやかになった。

(雨を呼《よ》んでるんだ……)

ノラは、屋根の上の鳥たちを、一羽ずつ観察した。みんな、なにかに耐《た》えるようにうつむいてたたずんでいるが、ときおりさっきのように、上をむいて呼《よ》び声をあげる。あの鳥たちがいるために、ここでは雨が降《ふ》りつづいているらしい。

坂をおりきる手前で建物はとぎれ、舗装《ほそう》の道もおわった。現れたのは、まばらに木々の生えた草地と、その中央にぽかりと水をたたえた湖だった。

たいした道のりを歩いてきたのでも、走ってきたのでもないのに、ノラの息はあがっていた。けがのせいで、体の力が弱まっているのかもしれない。雨がとぎれることなく降《ふ》っているので、うまく息が吸《す》えなかった。

町はすり鉢状《ばちじょう》になっていて、ここがすり鉢《ばち》の底だった。

細い鳴き声が、とぎれることなくつづいている。猫《ねこ》の声——ルホの家の猫《ねこ》、フプが、湖のほうをむいて鳴いている。しっぽをピンと立て、一人きりで水にむかってさかんに呼《よ》び声を発していた。

「フプ、かぜを引いちゃうよ……」

自分を呼《よ》んだのは、フプの声だったのだろうか。仲よしの猫《ねこ》と、はなればなれになってしまったのだという。その仲間を、一心に呼《よ》んでいるような声だった。

ノラは猫《ねこ》のそばへ行こうと、草の上に一歩ふみ入ったところで立ち止まり、息を止めて目をみはった。

ふたつの大きな存在《そんざい》が、前方にあった。

一方は湖の中央、雨をうけ入れて幾重《いくえ》にも波紋《はもん》をかさねる水の上に浮《う》かんでいる。

もう一方は、湖のそばの草の上、年とった樫《かし》の木の下に寝《ね》そべっている。

ノラははじかれたように駆《か》けだした。編《あ》んでいない髪《かみ》が雨をふくんで、ノラの肩《かた》

をぴしぴしとつめたくたたいた。

湖の上に半身を出している、白っぽいもの——ほのかな、けれども肌《はだ》に感じられるほどの淡《あわ》い光をはなっているそれは、まちがいなく、神炉《じんろ》だ。リンゴをたすけたあのときの神炉《じんろ》より、ずっと小さい。それに鎖《くさり》にもつながれず、水のなかに体の半分をひたして、うつむいている。それでも、その背《せ》をまるめた人間にそっくりなすがた、ぼうと白い光は、神炉《じんろ》のものだった。

（神炉《じんろ》が暴《あば》れたせいで、都から人がいなくなったんだって言ってた……）

あの神炉《じんろ》は、暴《あば》れたためにあんなところにいるのだろうか？　それにしては、そのすがたはあまりに静かだ。神炉《じんろ》は雨をうけとめるように両の手をふっくらと上へむけてそろえていて、それはまるで、祈《いの》っているかのように見えた。

とまどいながらも、ノラは立ち止まらずに走りつづけた。神炉《じんろ》とはべつの、草の上の存在《そんざい》、それこそが自分を呼《よ》んでいたのだと、はっきりわかったからだ。

チリン、チリン！　さわぐ鈴《すず》の下で、草の先から雨水がはねた。

「ね、ねえ、どうしたの？　どうして、こんなところに……」

ひざをついたノラの鼻に、魚のにおいがむっとにおった。つめたい草の上に大きな体を横たえているのは、竜《りゅう》のような白い魚だ。

魚の森の、〈ラ〉だった。

はなれ小島の森に、一人ぼっちのホゥカを守って住んでいた魚の女王が、こんなところにたおれている。ノラはおそるおそる〈ラ〉の体にふれ、揺《ゆ》すった。

「ねえ。なにがあったの？　ソンガとリンゴはどこ？　ねえ、こたえてよ」

体温のない魚の体が、てのひらにかすかにねばりつく。

「……ああ、起きられるようになったのですね」

〈ラ〉の、深い声が響《ひび》いた。はっとして、ノラは魚の体を揺《ゆ》さぶる手を止める。

立ちあがってのぞきこむと、不思議《ふしぎ》な色をたたえた〈ラ〉の瞳《ひとみ》が、ノラの青ざめた顔を映《うつ》していた。宵闇《よいやみ》と明けの空の色が混《ま》ざりあった、それ自体が魚たちを泳がせる澄《す》んだ水のような〈ラ〉の目。……その目が、にごりはじめていた。

（弱ってる……このままほうっておいたら、死んじゃう）

湖のそばに生えた三本の木の枝に雨よけの幕《まく》が張られ、その下に椅子《いす》が置かれている。魚の鱗《うろこ》に似《に》たウィンドベルが枝からつりさげられているが、いまはそよとも動く気配がなかった。

〈ラ〉のエラは、力なくけいれんしては、動かなくなるのをくりかえしている。この魚の命が消えかかっていることは、明らかだった。

「も、森へ、もどらなくちゃ。せめて水に――」

湖へ顔をむけて、ノラは言葉をとぎれさせた。あそこには、鎖《くさり》につながれていない神炉《じんろ》がいる。これ以上近づけば、なにが起きるかわかったものではなかった。

「水は、いらないのです。森は焼かれましたし、わたしのすべきことは、あなたたちのおかげでなしとげられたのですから。あなたたちのおかげで、ホゥカはずっと待っていた人に、楽器をわたすことができた」

混乱《こんらん》するノラをなだめるように、〈ラ〉が言った。

「で、でも、このままじゃ……」

飛びこむことさえできそうな瞳《ひとみ》が、ノラを見つめる。魚の目が、ほのかな頬笑《ほおえ》みを浮《う》かべたように、たしかに思えた。

「あなたの仲間が、いまここへむかっています。待っていなくてはいけません」

「仲間――ソンガとリンゴが？」

〈ラ〉の瞳《ひとみ》のなかで、なにかがくらんと揺《ゆ》れた。

「ええ、そうです。けがをしたあなたをたすけるため、わたしはここへ運んできました。わたしはあのヤギよりも、はやく空を泳ぐことができましたから。大丈夫《だいじょうぶ》、もうすぐ来ます。……ですが、どうか、気をつけて」

〈ラ〉の声が、近づいたり遠のいたりする。ノラは自分の胸《むね》に手をつっこんで、心臓《しんぞう》をじかに修理したかった。ちゃんとした魔女《まじょ》なら、いますぐにこの魚をたすけられるはずだ。弱った体に、新しい力をそそいでやれるはずだ。それなのにノラは、なにもできない。

いつのまにかフプがそばへやってきて、ノラの腕《うで》に頭をこすりつけた。猫《ねこ》がふれてくるそこだけが、あたたかかった。

「よく聞いて。この都はおかしい。なにかが入れかわっています。くれぐれも、気をつけて……」

〈ラ〉の声の響《ひび》きがひときわ遠のいてゆく。

「だめ、だめだよ。死んじゃやだ。お願い、がんばって……」

懇願《こんがん》するノラのうしろにだれかが立った。靴音《くつおと》にふりむくと、そこにいたのはルホの兄さん、セムだった。レインコートをはおり、厳《きび》しい顔でノラを見おろしている。

「なにしてる、こんなところで。傘《かさ》もささずに」

セムの声が、雨といっしょにつめたく降《ふ》ってきた。フプが顔をあげ、ひと声、高い声で鳴いた。

「〈ラ〉が死にそうなの。たすけなきゃ……このひとが、あたしのこと、たすけてくれたんでしょ？」

うったえるノラを、セムはまっすぐな眉《まゆ》をくもらせ、ほとんどにらみおろした。

「その魚は、たぶん今日あたりが寿命《じゅみょう》だ。もともと、かなり弱っていた。なんとかたすけようと手はつくしたけど、してやれることはもうない。それから、かんちがいしてるようだが、おまえを手当てしてたすけたのは、ウラナさんだからな」

こめかみがピリッと痛《いた》むほどの怒《いか》りが湧《わ》いて、ノラは立ちあがり、セムにむきなおった。

「に、人間にとってはだいじじゃないかもしれないけど、この魚は、ずっと一人で森を守ってたんだ。森と、お父さんの楽器をわたそうとしてた女の子を。このままにしとくなんて、やだ。なんとかたすけないと――」

セムがなにかをこらえるように、視線《しせん》を足もとへむけた。

「もうこの魚は、もといた場所へはもどれない。それを覚悟《かくご》でおまえを運んできたんだと、自分で言っていたぞ」

ノラがたじろぐのとは反対に、セムはわずかに表情をゆるめ、ため息をついた。

「こわくはないのか？　あそこに神炉《じんろ》がいるのに」

「だって……〈ラ〉の声が、聞こえたんだもん」

「だからって、そんなかっこうで出てくるなんて。もしかぜでも引いたら、また看《かん》病《びょう》が長引くっていうのに」

迷惑《めいわく》そうに言うセムは、すぐそこにいる神炉《じんろ》を警戒《けいかい》しているようすがない。セムはノラの表情など見ないで、ひざを折ると、〈ラ〉のほうへ手を伸《の》ばした。

「これでも、できることはみんなしたんだぞ。……だけど、どうすることもできない。せめて、一人きりにしないことくらいしか」

指先をインクで汚《よご》した手が、真珠色《しんじゅいろ》の鱗《うろこ》をなでた。その瞬間《しゅんかん》に、ノラは気がついた。あの無人の椅子《いす》は、セムが座《すわ》るためのものなのだ。神炉《じんろ》と〈ラ〉のそばに、あの家へ帰ってくるまで、ひょっとするとセムは、ずっといるのかもしれない。

ノラはふたたび、〈ラ〉のそばへひざまずいた。歯を食いしばっても、嗚咽《おえつ》がもれた。

真珠色《しんじゅいろ》の魚の女王が、すこしでもさびしい思いをしないですむように、体をぴたりと鱗《うろこ》に寄りそわせた。

フプはしばらくのあいだ、しっぽをくねらせながらノラたちのそばに座《すわ》っていたが、ふいと顔を町のほうへむけ、歩いていってしまった。

「……おーい。兄さん、ノラが……」

ノラがいないことに気づいたらしいルホが、町のほうから走ってきた。セムのとなりにうなだれるノラを見つけると、ルホは肩《かた》で息をしながら、セムと〈ラ〉、そしてノラをかわるがわる見やった。

それからルホも草の上にひざをつき、三人で雨のなか、〈ラ〉が息を引きとるのを見守った。命をおえた〈ラ〉の顔は、とても満足そうに見えたけれど、ノラは涙《なみだ》の止まらない自分の目が、まともにものを見ているのか自信がなかった。

湖の上の神炉《じんろ》は、びくともせずに、両の手に雨をうけつづけていた。

3　木のなかの人

「ろくなものがないな」

六軒《けん》めの家を、床下《ゆかした》から屋根裏《やねうら》まで見てまわり、タタンはうんざりしてつぶやいた。人のいない町。どろぼうのしほうだいだ。が、どの家も、あるものといっては、得体《えたい》の知れない薬品や実験道具、読めないほど乱雑《らんざつ》な文字で書かれた大量のメモと、あとは山ほどの本ばかりだった。

棚《たな》の上の缶《かん》に、しめっぽいビスケットが残っているのを見つけると、タタンはともかくそれを腹《はら》に入れることにした。缶《かん》をかかえ、かたい絨毯《じゅうたん》の上に座《すわ》りこむ。暖《だん》炉《ろ》にはひさしく火がともされておらず、家のなかはひんやりと寒かった。

この都へたどり着いて、二日めになっていた。

着いたとき、人っ子一人いない町なみに、タタンはぎょっとした。これでは、ノラの手当てなどできないではないか。……しかし、だれもいないのも当然だと、すぐ知ることになった。〈ラ〉が着地した草原のそば、湖に、小さな神炉《じんろ》がいたのだ。鎖《くさり》にもつながれず、神殿《しんでん》にも閉《と》じこめられないで、むきだしのままで水のなかに立っていた。

あんなかっこうで立っている神炉《じんろ》など、タタンは見たことも聞いたこともなかった。あの火を生む巨人《きょじん》は、いつ暴《あば》れて、家や農地をめちゃくちゃに破壊《はかい》してしまうかもわからない。だから人間たちは神炉《じんろ》を神殿《しんでん》の地下に閉《と》じこめて、鎖《くさり》でつないで飼《か》っているはずだった。

雨ばかりが降《ふ》って、陰気《いんき》な町だ。陰気《いんき》なうえに、こんなに不気味《ぶきみ》な町は、ほかに見たことがない。いるだけで、首すじの毛が逆立ってくる。

「ミャウン」

声がして、銀色の猫《ねこ》が入ってきた。タタンと同じように、人間の知らない入り口からもぐりこんできたのだ。タタンはしっぽをくねらせて、猫《ねこ》にあいさつをした。

「よう。あのチビ、もう元気になったのか？　人間にいじめられてないだろうな」

タタンがビスケットをひとつさしだすと、小柄《こがら》な猫《ねこ》は桃色《ももいろ》の舌《した》でそれをなめはじめた。タタンのそばにくつろいだようすで体をまるめ、細い尾《お》をゆらゆらと遊ばせる。

「おまえ、こんなところにいないで、好きなところに行けばいいのに」

タタンが言うと、かじりかけのビスケットから顔をあげ、猫《ねこ》は白いひげをぴんと張った。動くたびに、リボンで首に結《ゆ》わえられた鈴《すず》が、澄《す》んだ音を立てる。

この猫《ねこ》には、家族がいる。たったの三人で、この町にとどまっている人間たちだ。タタンが、けがをしたノラをたくしたその家族から、猫《ねこ》ははなれる気がないようだった。

「おまえ、会いたいやつがいるんじゃないのかよ。人間なんかほっといて、仲間のところに行けばいいのに」

猫《ねこ》は、逆に問いかけるように、じっとタタンの顔を見た。タタンは、おかえしに自分のひげをざわつかせた。

「おれは、もうすこししたら出ていく」

〈ラ〉の背中《せなか》に乗って、けがをしたノラをこの都の人間にあずけたら、すぐに立ち去るつもりだった。けれど、たどり着いたここは、どう考えても安全な場所だとは

いえない。ノラを手当てした人間たちだって、信用できるかわかったものではない。

ノラの連れ――ソンガとリンゴが追いつくのを見とどけてから、タタンは移動することに決めた。それまでは、この無人の家に身をひそめて、人間たちを見張っているのだ。

猫《ねこ》が、うっすら雨にぬれた頭を、タタンのズボンへこすりつけてきた。その毛皮からただよう魚のにおいが、きのうまでとはちがっていた。

「……そうか。あの魚、死んだんだな」

猫《ねこ》は小さく鳴いてこたえる。人なつこそうに、そしてなにもかも見通しているかのように、猫《ねこ》は頬笑《ほおえ》みを浮《う》かべている。

雨の音が、とぎれずいつまでもつづいている。

◆

ソンガはあたりがじゅうぶん暗くなるのを待って、川べりにおりた。人間に見つかってめんどうを起こしたくないので、明るいうちは、ずっと空の高いところを走りつづけていたのだ。

「ほら、リンゴ。おりて、水を飲め」

呼《よ》びかけると、リンゴはおぼつかない動きで、どうにかソンガの背中《せなか》から地面へおりた。まだ慣《な》れていない靴《くつ》で立ち、目をぱちぱちさせながらあたりを見まわす。

小さな森のなかを流れる川のほとりで、近くに人間の集落はなかった。

ソンガは首を伸《の》ばして川の水を飲み、あたりに生えた草を歯でむしりとった。リンゴはつぶらな目をまばたきながら、じっと同じ場所に立っている。

「なんだ、飲まなきゃ体がもたないぞ。そのまま飲むと腹《はら》をこわすか？　火をおこすか」

たずねても、リンゴはきょとんとしている。

「火は、神炉《じんろ》が生むんだよ」

「そうじゃなく、たき火をするんだ」

「どうして?」

「腹《はら》をこわさないように、川の水を火にかけて、沸騰《ふっとう》させてだな……」

ソンガはそこで、ブルブルッと頭をふった。二昼夜を駆《か》けとおして、さすがに疲《つか》れきっていた。まだ、〈ラ〉がノラをつれていくと言った雨鳥《あまどり》の都へは着かない。

夜の暗さのなかでもわかるほど青白い顔をしながら、リンゴは座《すわ》りもしないし、川の水にふれようともしない。ソンガはやれやれと、首をふった。たき火をするといっても道具がないし、そもそもリンゴに、かわいた枝を集めて火をおこすことなど、できるはずもなかった。

(ノラよりもたよりない子どもがいるとは、思ってもみなかったな)

ノラがそばにいないと、リンゴはなにひとつしようとしない。とにかくノラのもとへ着くまでは、自分がこの子の世話を焼いてやらなければならなかった。

なにか、リンゴが口にできるものはないかと、ソンガはあたりを見まわした。と、川のほとり、流れをほんのわずかくだったところに、まるい実をみのらせた古そうな木が立っていた。りんごの木だ。

「しめたぞ。リンゴ、こっちだ」

ソンガは、リンゴをもう一度背中《せなか》に乗せ、りんごの木の下まで移動した。まるまるとした実がいくつもみのっていて、下に立つと、甘《あま》いかおりまでかぐことができる。

前足を持ちあげてはずみをつけ、ソンガは、ツノの中心をでこぼこの幹《みき》にいきおいよく打ちつけた。ごろごろと、うまいぐあいにりんごの実が落ち、そして——

「ぎゃっ」

だれかが木のむこう側で、悲鳴をあげた。どうやら枝から落ちたりんごのひとつが、木の下にいただれかを直撃《ちょくげき》したらしかった。

「いたたたた、ああ、たすかった！　動けるようになったぞ！」

引っくりかえった声をあげ、だれかが幹《みき》の反対側から駆《か》けだしてきた。人間の大人だ。まさか、こんなところに人間がいたとは……ソンガは、舌打《したう》ちをした。

「ひゃあ、ありがとう。お礼を言わせてくれ。たちの悪い妖精《ようせい》にそそのかされて、この木のなかに閉《と》じこめられていたんだ。たすけてもらわなかったら、あと三百年、出られないままだった。ほんとうにありがとう」

痩《や》せっぽちの男は、ななめにずれためがねをなおそうともせずに、リンゴの前にひざをついて手をにぎった。どうやらリンゴがソンガをけしかけて、妖精《ようせい》の呪《のろ》いを破ったと思いこんでいるらしい。リンゴはおどろくことも、ひるむこともせず、手をにぎられたまま、現れた男を見おろしている。

「きみは、命の恩人《おんじん》だよ。だけど、きみみたいな子どもが、どうしてこんな夜中に、森のなかにいるんだろう？」

「ノラのところに行くの」

リンゴが言うと、男は目をまるく見開き、ぼさぼさの髪《かみ》をかきまわした。

「一人でかい？　そのノラという人は、近くにいるの？」

ソンガは不機嫌《ふきげん》さを見せつけるために、鼻から荒《あら》く息を吐《は》き、前足で地面を蹴《け》りつけた。ソンガの動作にひるみながらも、男はますます心配そうに、リンゴの顔を見つめた。

「きみは、ひょっとして、迷子《まいご》なのかい？」

たずねられて、リンゴはしごくまじめに首をふった。

「ノラは、雨鳥《あまどり》の都にいるんだよ」

リンゴがこたえる。すると男は、生魚が口に飛びこんだような顔になった。

「雨鳥《あまどり》の都、だって？　なんてことだ、ぼくは、そこを通ってきたんだよ。いいかい、よく聞いて。あそこへは、行ってはいけない。たしかに、学者や医者がおおぜい暮《く》らす、叡智《えいち》の町だと名高い場所だ。だけど、あそこはいま、危険《きけん》なんだ」

ソンガは、ノラがおどろいたときよくするように、だらしなく口を開けた。

「おい、危険《きけん》とは、どういうことだ？」

ソンガが一歩ふみだして問うと、男は短く悲鳴をあげてしりもちをついた。

「う、うわあ、なんてめずらしいヤギだろう。人間の言葉をしゃべるだなんて……」

ずり落ちかけためがねを持ちあげながら、興味《きょうみ》しんしんに、ソンガに顔を近づけようとする。

「いいから、こたえろ。雨鳥《あまどり》の都が危険《きけん》だとは、どういうことだ？」

ソンガは、力いっぱい前足で地面を鳴らした。男のめがねが、ますますずれた。

「つ、つまり、ぼくも、雨鳥《あまどり》の都が目的地だったんだよ。ぼくは研究者で、どうしてもそこで手に入れなければならないものがあったんだ。それに、町の人たちから、神炉《じんろ》についていろんな考えを聞かせてもらえるだろうと考えて……だけど、町の人たちはいま、旅人にかまっているどころじゃなかった。なにが原因かはわからないが、神炉《じんろ》が暴《あば》れたらしいんだ。雨鳥《あまどり》の都で飼《か》っている神炉《じんろ》が、とつぜん暴走《ぼうそう》した。そのときに行方《ゆくえ》知れずになった子どもが何人か、いまだに見つかっていないらしい。町の人たちは、まだ行方《ゆくえ》不明者を探《さが》しているようだったけど、なぜ暴《あば》れたのかがわからない以上、いつまた神炉《じんろ》が暴《あば》れだすともわからない……きみみたいな子どもが、近づいてはいけないよ」

男は立ちあがり、大きく身ぶりをまじえながら話した。

「あそこで得《え》られたのは、これだけだった。神炉《じんろ》が飼《か》われている湖の、水だよ」

地面に置いたかばんをごそごそと探《さぐ》ると、男は、布でつつんだなにかをとりだした。布をはぎとると、まばゆい光があたりを照《て》らした。男が持っているのは液体の入ったビンで、なかに満たされた水が、白々とかがやいているのだった。

「ぼくはこの水を、ある場所へとどけに行くとちゅうだったんだ」

ソンガは、できの悪い悪夢《あくむ》でも見ている気分だった。

「言うことをそっくり信じられるほど、あんたが信用できるとは思えないな。地面の上に住んでいるくせに、妖精《ようせい》から身を守る方法も知らないらしい」

すると男は情けなく眉《まゆ》をさげて、ぼさぼさの頭をかいた。

「いや、恥《は》ずかしながら、とっさに体が動かなくてね……この水の光で照《て》らせば、妖精《ようせい》の呪《のろ》いをしりぞけられると、知識としては知っていたんだが」

リンゴは、男の言ったことに、ソンガほどおどろいてはいないようだった。

「でも、ノラはそこに行ったの。だから、わたしとソンガも行くの」

男はすっかりこまったようすで、ビンをかばんにしまうと、ぶ厚《あつ》いめがねを押《お》しあげた。

「あそこへ行くのは、とても危険《きけん》だよ。その、ノラという人のほかに、知りあいや家族はいないのかい？」

「タタンだよ」

リンゴはちっとも声音を変えずに、そうこたえる。

「その人は、どこにいるんだろう？」

「ノラといっしょだよ」

要領《ようりょう》を得《え》ないリンゴのうけこたえに、男は弱ったようすで頭をかいた。と、その目が、とつぜん見開かれた。

「そ、そ、その足枷《あしかせ》は……」

うわずった声をあげる男が指さしているのは、リンゴの足首にはまった銀の環《わ》だ。銀の環《わ》に気づいたとたん、男の顔色が明らかに変わった。ソンガはいぶかしく思って、鼻面にしわを刻《きざ》んだ。

「ぜったいに行っちゃいけない！」

男はさけぶなり、リンゴの肩《かた》を両手でつかんだ。

「あそこの神炉《じんろ》は、いけにえをあたえなくても、雨水を栄養《えいよう》にして安定しているはずなんだ。雨を降《ふ》らせる雨鳥《あまどり》たちがいて、それでずっと雨を供給《きょうきゅう》できている。それなのに暴《あば》れた。町の人たちが、いま、必死で原因をつきとめようとしているけれど、なにが起きるかわからない……ひょっとしたら、ほかの土地で飼《か》われている神炉《じんろ》のように、食べ物をほしがっているのかもしれない」

揺《ゆ》さぶられて、リンゴの足環《あしわ》が小さな音を立てた。

「ぼくはこれから、月見の塔《とう》というところへ行くんだ。そこへ、この水をとどけに行く……いっしょに行こう。近くに村があるはずだから、きっときみのめんどうを見てくれる人が見つかるよ」

男はどうやら、リンゴが神炉《じんろ》のいけにえにされるはずだったことを見ぬいたらしい。が、必死にうったえかけられても、リンゴは不思議《ふしぎ》そうにつっ立っているばかりだ。こんなことをしている場合ではない。ソンガはくるりとむきを変えると、うしろ足で男のすねを蹴《け》りあげた。

「木のなかからたすけてやったんだ、それでじゅうぶんだろう。こっちの用事の邪《じゃ》魔《ま》をしないでもらいたいね」

おかしな悲鳴《ひめい》をあげて吹《ふ》き飛んだ男に、さらに土をぶちまけ、ソンガは木から落としたりんごの実をひとつ、リンゴに持たせた。

「行くぞ、リンゴ。休むのは、やっぱりノラに追いついてからだ」

リンゴは、何度かソンガと男を見くらべていたが、ひざをかがめてもうひとつの実を拾うと、それを、まだ引っくりかえっている男にさしだした。

「これ、食べてね。わたしたちは、ノラのところへ行くね」

それだけ告げると、リンゴは、ソンガの背中《せなか》によじのぼった。りんごの実をわたされた男は、蹴《け》りつけられたすねを押《お》さえながら、情けない声をあげた。

「考えなおすんだ！　行っちゃいけない！　きみみたいな子どもが……」

さけびながら、男は宙《ちゅう》へ駆《か》けのぼるソンガたちをなすすべなく見送った。ひと息に空中を駆《か》けのぼるソンガたちのところへ、その声はあっけなくとどかなくなった。

「やれやれ、ろくでもないのに出くわしたな」

空の高いところまでのぼると、ソンガはぼやいた。あいつの言っていたことは、ほんとうだろうか？　妖精《ようせい》の罠《わな》にかかるようなまのぬけた人間が、他人をあざむこうとするとも思えない。あれがほんとうだとしたら、ノラは無事でいるのだろうか？　タタンがうまくやってくれることを期待するしかない。どろぼうをして生きていた猫《ねこ》人間を、どこまで信用してよいものか、わからなかったが……

かぷ、と、リンゴがくだものをかじる音がした。力の弱い手で手綱《たづな》をにぎり、両足でソンガにしがみついている。自分たちの目で見てみるまでは、〈ラ〉がノラをつれていった先がどうなっているのか、判断することはできない。とにかく、この子といっしょに、一秒でもはやく先へ進むことだ。

ソンガは疲《つか》れが食いこむ足に力をこめて、めいっぱい空気を蹴《け》りつけた。

4　神のほとり

　ノラたちが家にもどると、ウラナさんはすぐにノラを着がえさせ、自分でも〈ラ〉のようすを見るために外へ出ていった。あたりはすこしずつ暗くなりかけていたので、レインコートを着たうしろすがたを見送るのが、なんだか心細かった。

「ほら、これを飲んで。かぜを引いたらたいへんだからね」

　ルホがココアを作って、ノラにさしだした。マグカップをうけとって湯気を吸《す》いこむと、さんざん泣いた鼻の奥《おく》が、まだつんと痛《いた》かった。家のなかの気配がひとつたりないことに気がついて、ノラは台所のなかを見まわした。

「セムはどこ？」

　いっしょに帰ってきたセムのすがたがない。ルホは流しで手を洗《あら》いながら、廊下《ろうか》のほうへ目をやった。

「兄さんなら、研究室に行ったよ。いつも、夕飯の前は自分の部屋にこもるんだ」

「……セムが、〈ラ〉のお世話をしてくれてたの？」

ルホは調理台の前に置いた木箱の上に立ち、夕飯のしたくをはじめた。

「あの魚は、あそこで動けなくなってしまってたから。もうたすからないのはわかってたけど、できるだけのことはしたんだよ。兄さんが、そうしようって言ったんだ」

「あの神炉《じんろ》は、〈ラ〉を食べてしまわない？」

小さな声で、ノラはたずねた。すると、野菜と缶詰《かんづめ》を調理台にならべていたルホが、目をまるくしてふりむいた。

「食べる？　まさか。神炉《じんろ》はなにも食べたりしないよ」

「え？　だけど……」

それなら、リンゴはなんのために、いけにえにされかけたというのだろう？　人間たちが、足環《あしわ》で逃《に》げられないようにしたリンゴを、神炉《じんろ》のもとへ運んでいたのに。

ノラの動揺《どうよう》には気づかないで、ルホは玉ねぎを切りはじめる。

「あの神炉《じんろ》は、おとなしいよ。両手にうけた雨を、自分の栄養《えいよう》にしているんだ。それだけで、たくさんの光と熱をわけてくれる。ほら、この料理用の火だって。そういう神炉《じんろ》はめずらしいんだって――ぼくには、むずかしいことはまだよくわからないけど」

「でも、暴《あば》れたんでしょ？　そのせいで、町から人が出ていったんだよね？」

「そうだよ。だけどそれは、なにかの拍子《ひょうし》に、神炉《じんろ》がびっくりしてしまったせいなんだ。だけど、なにもこわいことは起こらなかったし、ずっと火をくれている神炉《じんろ》を置いていっちゃうなんて、かわいそうだよ。だれかが、そばにいて世話してやらないとね」

ノラはルホの言葉に、自分の心臓《しんぞう》がたじろぐのを感じた。びっくりしてしまったせいで――それはまるで、ノラのことみたいだった。

テーブルの上には、ルホの読みかけの物語の本が置かれている。

「兄さんが毎日観察してるから、あの神炉《じんろ》は大丈夫《だいじょうぶ》。兄さんはすごいんだよ。小さいころから頭がよくて、自分でいろんな研究をしてきたんだ。父さんも母さんも、いつも誇《ほこ》りにしてた」

背中《せなか》ごしのルホのうれしそうな声が、ノラの胸《むね》の奥《おく》を寒くさせた。

「……そのお父さんとお母さんも出ていったのに、どうしてルホは、ここにいるの？」

たずねると、どこか照《て》れくさそうに、ルホが肩《かた》をすくめた。

「兄さんといると、ぼくは、冒険《ぼうけん》物語の登場人物になった気持ちになるんだ。ぼくは兄さんみたいに優秀《ゆうしゅう》じゃないけど、それでもいっしょにいて、手伝いたいんだ」

ルホが、ぐつぐついいはじめた鍋《なべ》にむきなおる。慣《な》れた手つきで香草《こうそう》と塩をふり入れると、おいしそうなにおいがひろがってきた。このあたたかさも、湖の白い巨人《きょじん》が生んでいるのだ。

ふと、空の上に追われた魔女《まじょ》と、地下の世界からつれだしてこられた神炉《じんろ》が、かさなって感じられた。もともと住んでいたのではない場所で生きることになったという点では、魔女《まじょ》も神炉《じんろ》も同じなのかもしれなかった。

(人間のせいで……)

そんな言葉が頭に浮《う》かんで、ノラは、あわてて頭を左右にふった。そんなことを考えるのは、ノラが魔女《まじょ》だと知ってもこうして家に置いてくれているルホたちに、あまりにも失礼だ。それに、ひいひいおばあさんの化身《けしん》の蛾《が》が教えてくれた本のページには、こう書いている。


――いつか真に〈黄金《おうごん》の心臓《しんぞう》〉をあつかう者が現れるとすれば、人と魔女《まじょ》とのかきねをなくすであろう。――


そうだ。ノラが〈黄金《おうごん》の心臓《しんぞう》〉を探《さが》す以上、ノラは、人間を忌《い》みきらうようなことを、してはならない。

(そうだよ、ルホだって、ヒオやおじいさんだって、親切にしてくれたんだもん。

あたしは、知ってるもん。人間は、魔女《まじょ》をきらいな人ばかりじゃない。きらってたとしたって、ちゃんと話せば、わかりあえるんだ）

ココアを飲みほして、ノラはわざと足首の鈴《すず》をはずませ、椅子《いす》から立ちあがった。

「……そろそろ、ウラナさん、帰ってくるかな。あたし、セムを呼《よ》んでくるね」

チリン、チリンといつもついてくる鈴《すず》の音が、なんだかいまは重く聞こえた。

暗くなってゆくおもてからは、変わらない調子で雨音が響《ひび》いてくる。息を引きとった〈ラ〉の上にも、生きていたときと変わらず、雨が落ちてきているだろう。

部屋のドアは、半分ほど開いていた。明かりがもれているドアのすきまから、ノラはなかをのぞきこんだ。部屋のなかには本がうずたかく山をなしていて、奥《おく》の机《つくえ》にむかうセムのうしろすがたがあった。

「ねえ、ルホが、晩《ばん》ごはんを作ってくれたよ」

ノラの呼《よ》びかけにこたえたのは、セムではなくて、猫《ねこ》の鳴き声だった。いつのまにか先に帰っていたフプが、つみあげられた本の上でまるくなっていたのだ。フプは体を伸《の》ばして本の山から飛びおりると、水色のまなざしをちらりとノラにむけ、しっぽをピンと立てて廊下《ろうか》へ出ていった。

「すごい……」

ノラは思わず、部屋のなかに足をふみ入れていた。壁《かべ》いちめんが本棚《ほんだな》になっているのに、大量の本はおさまりきらずに、その手前の床《ゆか》にもつみあげられている。反対の壁《かべ》につくりつけられた棚《たな》には、本ではなくて、さまざまな大きさのビンや金属製《きんぞくせい》の容器がならんでいる。

セムの部屋は、ひいひいおばあさんの化身《けしん》の蛾《が》が見守る書庫にも、姉さんたちが作った魔法《まほう》の薬の保存棚《ほぞんだな》にも似《に》ていた。

セムは机《つくえ》の上にひろげた大きなノートにペンを走らせていて、ノラが近づくのにも、気がついていないようだった。ドアのところからかけた声も、聞こえていなかったにちがいない。

(どうしてこの人たちが、こんなところで暮《く》らさなきゃならないんだろう。だれにもたすけてもらえずに、三人っきりで)

ノラはなんだか、目の前にいるのがセムではなくて、一番上の姉さんであるような気がした。たくさんの魔法《まほう》を学び、たしかな技を持っているのに、三人の妹たち

――とりわけ魔法《まほう》がまともに使えないノラをかかえて、どこにも行けないでいる、一番上の姉さん。そのうしろすがたに、セムはよく似《に》ていた。

部屋へ入ったノラの鈴《すず》の音にもふりむかないので、しかたなく手を伸《の》ばして肩《かた》をたたくと、セムがペンを止めた。にらみつけるような目つきで、ノラに顔をむける。

「あ、あの、もうすぐ夕飯だよ」

おずおずと言うノラに、セムは聞こえよがしのため息をもらした。

「あんなに泣いてたくせに、よく、めしのことが考えられるな」

ペンを置き、セムがインクつぼにふたをした。ぶ厚《あつ》いノートの上では、まだインクがかわかずに、ランプの明かりをうけて光っている。

「だって、ルホがごはんを作ってくれてるもん。ウラナさんも、もうすぐ帰ってくるだろうし、みんな雨にぬれたから、おなかがすいたままだと、かぜを引いちゃうし」

言いわけを言うときのようなノラの声を、セムはつめたい表情でうけ流した。ほんとうは、ノラだって、食欲なんて湧《わ》かなかった。〈ラ〉ともっとはやく会っていれば、もっとくわしく話を聞けたかもしれない。ソンガたちがいつ来るのか、教えてもらうこともできたかもしれない……いいや、その前に、ここへノラをつれてきてくれたという〈ラ〉に、ちゃんとお礼を伝えることだってできたはずだ。そしてもし、ノラがまともに魔法《まほう》を使えたなら、〈ラ〉をあんなふうに死なせてしまうことも、なかったにちがいない。

「……セムは、なんの研究をしてるの？」

だまっていることがこわくなって、ノラはたずねた。すると一瞬《いっしゅん》、相手がひるんだように見えた。セムがノラから目をそむけ、開いたままのノートの上に視線《しせん》をさまよわせる。それから、思いだしたように、きつく眉根《まゆね》をよせた。

「神炉《じんろ》のことに決まってるだろ」

ぎくりとするほど、その声は力強かった。

「だけど……こわくないの？　神炉《じんろ》は、とっても危険《きけん》なんでしょ？」

ノラの心に、シュユ・シンのすがたが浮《う》かんだ。神炉《じんろ》から光と火を得るすべを発見した、いまは時の牢《ろう》にとらわれている人物。神炉《じんろ》を人間のために役立てることをはじめたその人が、言っていたのだ。神炉《じんろ》は危険《きけん》だと。

しかし、セムの顔に、もう先ほどの迷《まよ》いはあらわれなかった。

「こわいかどうかなんて、問題じゃないんだ。だれかがやらなきゃならないことだからな」

まっすぐノラに目をむけると、ノートに書いていた文字のつづきのように、言葉を紡《つむ》いだ。

「神炉《じんろ》はもともと、地の底深くに住んでいた巨人族《きょじんぞく》だ。その巨人《きょじん》の体内に、とてつもない力が秘《ひ》められていることが発見された。人間たちは、地底から神炉《じんろ》たちを引きずりだした……武器や鎖《くさり》を使って、巨大《きょだい》な獣《けもの》を、群《む》れごと捕獲《ほかく》するみたいに」

セムの声音が低くなり、ノラは思わず、ごくりとつばを飲んだ。巨人《きょじん》たちが人間に地面の上へつれてこられる、その光景が、一瞬《いっしゅん》目の前に浮《う》かびあがった気がした。

「人間があんなものを自分たちのために利用してよかったのかって、いまでも議論《ぎろん》がつづいている。神炉《じんろ》をもといた場所へもどしたほうがいいんじゃないか——そう考える者たちだっているんだ。……だけど、いますぐすべての神炉《じんろ》を地底へ帰すなんて、現実として、不可能だ。巨人《きょじん》たちをつれてくるときに利用したという地底へ通じるトンネルは、ふさがれてしまった。仲間をつれていかれて怒《おこ》った残りの神炉《じんろ》が攻《せ》めてくるのをおそれたのか、それともだれかが欲張《よくば》りすぎて、自分たちのためだけに神炉《じんろ》をこっそりつかまえてくるのを止めるためだったのか、わからないけど。トンネルを掘《ほ》りなおすにはとほうもない時間がかかるし、もしそんなことをすれば、人間は、いま手に入れはじめた豊かさを、みんな手ばなすことになる」

セムはため息をもらし、机《つくえ》の上から一冊《さつ》のノートを手にとった。紙が波打って表紙にはたくさんの傷《きず》がついた、ぼろぼろのノートだ。

「ぼくらの父さんが、神炉《じんろ》に使える薬を作ろうとしていたんだ。巨人《きょじん》たちは、ひどく動作がおそい。暗い地底で生活していたから目が退化《たいか》してしまっているし、地上の空気のなかでは、おそらく体の機能をあちこちいためてしまうんだろう。そのせいで、ときどき暴走《ぼうそう》するにちがいない。だから、神炉《じんろ》の苦痛《くつう》をへらし、さらに神炉《じんろ》が生みだす火をもっとふやすような薬が作れれば、神炉《じんろ》にとっても人間にとっても大きな利益《りえき》になる——父さんは、そう考えた」

「そんなこと……できるの？」

するとセムは、ノートの表紙をなでながら、首をふった。

「いや。何度か完成に近づいたけど、うまくいかなかった。逆に、薬の効果を、べつのことに使えるはずだと言う研究者も出てきた。父さんが作ろうとした薬を応用して、力を瞬時《しゅんじ》に解放させれば、神炉《じんろ》を複製《ふくせい》して、もっと数をふやすことだってできるんじゃないかって。そんなことをするのがいいことなのか悪いことなのか、考えるまでもないことだと思うけど——なにひとつ実現しないまま、研究ノートも置いていってしまった」

「セ、セムは、どうしたいの？　なにかのために、研究をつづけてるんでしょう？　神炉《じんろ》をもっと強くするとか、あるいはその、もといた場所に帰すとか……」

セムは厳《きび》しい視線《しせん》を、ノラにはわからないどこかへむけて、だまりこんだ。あまりに長いことだまっているので、もうなにもしゃべらないのではと思ったころ、セムはとうとつに、返事をした。

「そうするべきなのかもしれないな。あの巨人《きょじん》たちが、自分から望《のぞ》んで人間に飼《か》われることを選んだんじゃない以上は、帰すべきなのかもしれない」

ノラの胸《むね》に、焦《あせ》りがじわじわとうずを巻《ま》いた。なにが正しいのか、はっきりとこたえの出ないまま、なんとかセムを元気づける言葉がないかとけんめいに探《さが》した。

「魔女《まじょ》が……もし、魔女《まじょ》が手伝ったら？　それなら、できるんじゃないの？」

もしも神炉《じんろ》を地底へ帰すなんてことが実現したら、そうしたらシュユ・シンのつぐないもおわって、時の牢《ろう》から出てこられるのではないだろうか？

けれども、セムは重々しくかぶりをふった。

「魔女《まじょ》の手を借りようとする人間は、いないだろう。神炉《じんろ》なしの人間は、魔女《まじょ》よりはるかに弱い。かつて魔女《まじょ》におびえて暮《く》らしていたころにもどりたい人間は、たぶん一人もいない――こんなことを言うのは気の毒だけど」

ちくりと、髪《かみ》の毛の先がノラの頬《ほお》をつついた。同じ場所にいて、同じ言葉で話しているのに、自分とセムのあいだに見えない壁《かべ》があるのを感じた。その壁《かべ》が、おたがいの言葉を奇妙《きみょう》にゆがめてしまうのだ。

（だけど……どこがそんなに、ちがうんだろう？）

今日ノラたちは、いっしょに〈ラ〉がこの世を去るところを見送った。「人間」も「魔女《まじょ》」もただの呼《よ》び名で、それ以上意味のあるなにかだとは、いまのノラには思えなかった。

「どっちにしても、もっと神炉《じんろ》のことを知らなくちゃならない。人間は神炉《じんろ》を飼《か》いならしたとはいうけれど、まだまだわからないことが多すぎるんだ」

「知って、それで、どうするの？」

危険《きけん》だと言ったり、もっと知りたいと言ったり、セムのなかで言葉がつながっているのかどうか、ノラには疑《うたが》わしくなってきた。しかし、セムのまなざしに迷《まよ》いはなかった。

「どうするつもりも、いまはない。ただ、知りたいんだ。もうだれも、神炉《じんろ》のいない世界に生まれてくるってことは、選べない。神炉《じんろ》のいる世界でどう生きるべきかを考えるには、まず知らなくちゃならないんだ。……まあ、ここでどれだけのことができるかなんて、わからない。ルホだけでも、父さんたちと逃《に》げてくれたらよかったのにと思うよ。あいつはまだ小さいし、これから自分になにができるのか、見つけていかなきゃいけないのに、巻《ま》きこんでしまった」

パタン。大きく音を立てて、セムが机《つくえ》の上のノートを閉《と》じた。

「……明日はどうにかして、あの魚を埋葬《まいそう》してやらなきゃな」

夜が明けやらぬうちから、ノラたちは家を出た。ノラははやくに起きて暴《あば》れる髪《かみ》を三つ編《あ》みに閉《と》じこめ、洗《あら》ってもらったもとの服を身につけた。

ウラナさんとセムが穴《あな》を掘《ほ》るためのシャベルを、ノラとルホがランプと花を持って歩いた。ひとこともしゃべらずに坂をおりる一行を、屋根の上の雨鳥《あまどり》たちがうなだれた姿勢《しせい》で見守っていた。雨鳥《あまどり》たちは、まるではじめからずっと、だれかの喪《も》に服しているかのようだった。

フプはいっしょではなかった。猫《ねこ》は朝ごはんをもらうと、気まぐれにどこかへ行ってしまった。

チリンチリンと鈴《すず》の音を立てる足を見おろしながら、ノラは歩いた。今朝《けさ》とりかえてもらったばかりの頭の包帯《ほうたい》に、傘《かさ》をさしていてもこまかな雨がしみこんできて、ノラのこんがらかる考えをよけいにもつれさせた。

「ねえ、ノラ」

ルホが歩調をゆるめて、となりへならんだ。

「魔女《まじょ》は、だれかが死んじゃったとき、どうやってお弔《とむら》いをするの?」

ランプの光が、ルホのまるいめがねのふちを照《て》らしていた。ノラは目をしばたたいて、茶色い傘《かさ》の下の、青白いルホの顔を見つめた。

「魔女《まじょ》の棲《す》み家《か》は空の上だから、土がないよね？　どうやって――」

「ルホ！」

ふりかえって鋭《するど》く声をたたきつけたのは、セムだった。

「いま、そんなことを聞くときじゃないだろう」

とたんにルホが、泣きそうになって肩《かた》を縮《ちぢ》めた。

「ご、ごめんなさい。ぼく、ただ、もっと知りたくって。ノラのことや、魔女《まじょ》のことと……」

あんまり肩《かた》をすぼめるせいで、ルホの背中《せなか》に、傘《かさ》から流れ落ちた雨のしずくが、立てつづけに降《ふ》りかかった。

「いいよ、ルホ。気にしないで。あとで教えるね」

ノラは、小さく声をかけた。自分は学問にむいていないのだとルホは言っていたけれど、きっとそんなことはないのだろう。セムに負けないくらいの、知りたがりなのだ。

そうしてノラは、思い出がおおいかぶさってくるのを感じた。――お母さんのお葬式《そうしき》のときのことを、もちろんノラはおぼえていない。生まれてすぐだったし、人間の医者に心臓《しんぞう》をなおしてもらったばかりのノラは、ベッドで看病《かんびょう》をうけていたはずだった。目を開けてお弔《とむら》いを見ることも、泣いている姉さんたちのなかにくわわることも、なにもできなかった。だからノラが見たことのあるのは、べつの魔女《まじょ》のお弔《とむら》いだけだ。

魔女《まじょ》のお墓は、魔法《まほう》で作った風船だった。けっして割れることのない風船を、棲《す》み家《か》から空へ飛ばすのだ。風船には、死者が最後に吐《は》いた息がこめられている。風に乗って、はるか遠くへ流れた風船は、ときとして家族や友達のそばへまためぐってくることがある。死者が会いに来てくれたのだと、そんなとき、魔女《まじょ》たちはよろこぶのだった。

ずっと空の上の棲《す》み家《か》にいるのに、ノラも姉さんたちも、一度もお母さんの風船に再会したことはない。

棲《す》み家《か》を飛びだしてきた、ノラの誕生日《たんじょうび》――お母さんのお弔《とむら》いの日。その日になると毎年、三番めのココ姉さんが、一心に空をながめているのをノラは知っていた。お母さんの風船にひとめ会いたくて、けれども毎年それは叶《かな》わず、こっそり泣いているのも知っていた。

もしかするとあの夜、棲《す》み家《か》をぬけだすノラに気づいたのは、ココがお母さんの風船を探《さが》そうとして、ずっと起きていたせいではないだろうか。それなのに、ノラのかけてしまった魔法《まほう》のあとしまつで、もう風船どころではなくなってしまったかもしれない……

（あたしがちゃんとした魔女《まじょ》になりさえしたら――そうしたら、姉さんをなぐさめることだって、できるかもしれないんだ）

ノラのせいで両親のいなくなった姉さんたちを、なぐさめるだなんて、できないかもしれない。けれどももし〈黄金《おうごん》の心臓《しんぞう》〉を胸《むね》に入れ、みんなと同じ魔女《まじょ》になったら、そうしたら、せめていっしょに泣くことくらいは、ゆるされるようになるかもしれない。

坂と舗装《ほそう》された道がおわり、一行は草の上へふみ入った。ここまで来ると、湖の上に浮《う》かぶ神炉《じんろ》のはなつ光があたりを照《て》らし、ランプは必要でなくなった。

なにもかもよく見えている。それなのに、いちばん重要なものが、なかった。

お墓にそなえるための花を、ノラはぬれた草の上へ落としたが、そのことにも気づいていなかった。

草を、まばらな木立を、静かな水面を、雨がわけへだてなくなでている。なにもかもきのうと同じで、それなのに、ここにあるはずのたいせつなものが、見あたらなかった。

〈ラ〉がいない。きのう息を引きとった大きな魚が、そのなきがらが、ない。

草の上に横たわっていた真珠色《しんじゅいろ》の体は、あとかたもなく消えうせていた。

(なんで――？　まさか、まさか)

神炉《じんろ》が食べてしまったのだろうか？　一人ぼっちで森を守っていた、最後にノラをたすけてくれた、〈ラ〉を。

どくんと、ノラの心臓《しんぞう》が、大きくはねた。

体じゅうにとりはだが立つ。ノラの意思《いし》に関係なく、魔法《まほう》があふれる。心臓《しんぞう》から生まれて、体の外へ――

「なにがあったんだ――なんで、こんなことが」

セムが、持ってきたシャベルを土につき立てた。みんなはめいめいにおどろきの表情を浮《う》かべながら、〈ラ〉がいたはずのところへ近づいていった。一枚《まい》の鱗《うろこ》すら落ちてはおらず、ここにいるのは神炉《じんろ》だけだった。

「まさか――」

神炉《じんろ》のほうに顔をあげ、なにを思ったのか駆《か》けだそうとするセムの肩《かた》を、ウラナさんがつかんだ。

「待ちなさい、セム」

枝につりさげたウィンドベルが、はげしく揺《ゆ》れた。けたたましいほどの音が、異《い》常《じょう》な事態《じたい》を知らせる。

強い光があふれ、大きな白い手がせまってくるのを、ノラは見た。生白い五本の指が、なにかをとらえようと近づく。

神炉《じんろ》の手だ。

神炉《じんろ》が、動いている。こちらへ、ルホのほうへ、手を伸《の》ばしてくる。

真正面からせまる手に、身じろぎさえできないでいるルホを、ノラはとっさにつきとばした。足首の鈴《すず》がはげしく揺《ゆ》れたのに、その音は最後まで響《ひび》かなかった。

まっ白なてのひらがノラにふれ、そして、指のなかにつつみこんだ。

◆

（あの人間たち、気に入らないよなあ）

タタンは棚《たな》いっぱいの本や、保存《ほぞん》容器のたぐいを、口をへの字にまげてながめまわした。

朝はやく、まだ薄暗《うすぐら》いうちから出かけてゆくのを見はからって、タタンはノラを運んできたこの家にしのびこんだ。ほかの空き家はみんな見てまわったので、最後にここに、盗《ぬす》めるものがないか確認《かくにん》に来たのだった。

実験に使うらしい道具や工具が、たくさんのメモや開きっぱなしの本といっしょくたに、机《つくえ》の上に置かれている。顕微鏡《けんびきょう》やガラスの器具から、タタンはすばやく目をそらした。金目のものがあるとすれば、この部屋だと思ったが、やっぱりやめだ。こういう道具は、タタンに、生まれた施設《しせつ》を思いださせた。

(ここにいるのも、あとすこしだ。あいつは歩けるようになったし、ヤギもそろそろ追いつくだろうし)

この町にいるあいだ、食べ物にこまらなかったのは幸いだった。なにしろあの三人の人間たちしかいないので、まわりの家から缶詰《かんづめ》や保存食《ほぞんしょく》を盗《ぬす》んでも、だれにもつかまる心配がない。

と、チリンと音がして、部屋のなかに、あの小さな猫《ねこ》が入ってきた。散歩《さんぽ》をしてきたのか、雨にぬれたひげを前足でこすり、念入《ねんい》りに舌《した》でなめている。

「おまえは、いつまでここにいるつもりなんだ?」

ポケットに両手をつっこんで、タタンが勝手に椅子《いす》に座《すわ》るのを、猫《ねこ》は床《ゆか》から不思議《ふし ぎ》そうに見あげる。タタンは、机《つくえ》の上にごちゃごちゃと置かれたもののなかから、ぶ厚《あつ》いレンズの虫めがねを発見し、持ちあげてのぞいてみた。タタンが飼《か》い主《ぬし》の持ち物をいじっても、猫《ねこ》はなにも言わない。もしうっかり手をすべらせてここにあるものをこわしても、気にしないにちがいなかった。

「人間に飼《か》われたって、ろくなことなんかないぜ」

ふいに、いやなことを思いだしそうになって、タタンは虫めがねから手をはなした。猫《ねこ》はふたたびひげをこすり、熱心に顔を洗《あら》いはじめた。

——と、猫《ねこ》とタタンのひげが、そろってぞわりとそよいだ。

一度もやむことのない雨が、まぶしく光った。タタンはすばやく窓《まど》に駆《か》けより、外をのぞいた。光ったのはほんの一瞬《いっしゅん》で、ふたたび静かな薄《うす》暗さがもどっている。景色にも雨脚《あまあし》にも、なんの変化も見られなかった。しかし、先ほどとはなにかが決定的にちがうことを、タタンは猫《ねこ》の感覚でつかんでいた。足もとの猫《ねこ》よりも暗い灰色《はいいろ》の、タタンの毛が逆立ち、青白い静電気の火花が小さくはぜた。

「ニャオ」

床《ゆか》の上を、猫《ねこ》がくるくると歩きまわった。しっぽをまっすぐにふり立て、目を大きく見開いて、何度も鳴き声をあげる。とんでもないことが起きたと、タタンに知らせている。

タタンは窓《まど》を押《お》し開けると、そこから外へ飛びだした。雨どい伝いに屋根にのぼると、ぞっとする光景が目に飛びこんできた。

この町の中心、坂の下から空へむかって、ひとすじの光の柱が、そそり立っているのだ。

(神炉《じんろ》が、なにかしたのか?)

よくないことが起きている、それだけはたしかだ。ほんとうならば、背《せ》をむけて逃《に》げるべきだった。それなのにタタンは、そうしなかった。

あとについて屋根にのぼってきた猫《ねこ》が、もう一度、高らかに鳴いた。それを合図に、タタンは走った。おそろしい光が天をつくほうへ……だれかがいるかもしれないほうへ。

◆

空気がピリッと張りつめるのを、ソンガはツノとひづめのつけ根に感じとった。同時に、背中《せなか》のリンゴが、息を飲むように短い悲鳴をあげた。

三度めの夜を休まずに走りつづけ、東の空が明るさをひろげはじめたころだった。

「……なんだ、いまのは?」

ソンガはとっさに、空中を駆《か》ける速度を落とし、四つ足をふみしめた。と、手綱《たづな》をつかむリンゴが、ソンガの首にしがみついて顔を前へつきだした。

「ソンガ、ノラは?　ノラは?」

リンゴの声は、高いところから落ちた鈴《すず》の音のように混乱《こんらん》していた。ソンガは、自分がひるんで足を止めたことに舌打《したう》ちをした。たしかに、いまのおかしな気配は、前方からしたのだ。ソンガたちの行く手、つまり、ノラのいるほうから。

あそこへは近づくなと、木の下で出会った男は言った。しかしソンガは、いよいよそこにノラがいることを確信した。

(ノラのやつ、またなにかやらかしたな)

前方には、朝日をさえぎって、暗い雲がわだかまっている場所がある。その雲にむけて、一条《じょう》の光の柱が立つ瞬間《しゅんかん》を、ソンガとリンゴは目撃《もくげき》した。

「リンゴ、あとひと息だ」

告げると、リンゴは歯を食いしばり、こくりとうなずいた。ソンガは疲《つか》れてこわばる足に力をこめなおし、最後の距離《きょり》を全力で駆《か》けた。

5　光る花

白くてまぶしくて、とても静かだった。
（いつのまに晴れたんだろう）
ぼんやりと、ノラはそう思った。

ずっとつづいていた雨の音が、やんでいる。静かで、空気がとても軽い。自分の重みさえ感じられないし、どこにも影《かげ》がない。

雲の灰色《はいいろ》も、鈍《にぶ》い色の空もなかった。草の生えた地面も、湖も、その上に浮《う》かぶ神炉《じんろ》も……ルホたちのすがたも。

ぴくりと身じろぎをすると、足首の鈴《すず》が鳴った。いつもついてくるその音が、ノラを正気づかせた。大きく目を開ける。まぶしいのに、なにも見えなかった。

ノラの血が、焦《あせ》りのために、あわただしくめぐりはじめる。――まっ白な空間に、ノラは一人で、ぽつりと浮《う》かんでいる。ささえるものもなしに、水に浮《う》くように。

けれど、ここは、水のなかではなかった。

ルホたちのすがたを探《さが》そうとこうべをめぐらせたとたん、三つ編《あ》みのつけ根がぞくっとつめたくなった。ルホたちではない、なにか大きな気配が、こちらを見ている。それがなにかを考えるよりも先に、全身に汗《あせ》がふきだした。

〈魔法《まほう》、そうだ、魔法《まほう》がかかっちゃったんだ。〈ラ〉が消えて、びっくりして、それで……)

湖から大きな白い手が伸《の》びてくるのが見えて、ノラは、ルホがその手につかまってしまうと思ったのだった。だからルホをつきとばして、それから——

(あ、あたし、神炉《じんろ》に食べられちゃったのかな)

声を出そうとしたのに、のどが開かない。

まさかノラの魔法《まほう》が、神炉《じんろ》を暴《あば》れさせてしまったのだろうか? もしもそうなら、ルホたちはどうなってしまっただろう。

おそろしさのためにまばたきひとつできない目で、ノラは見た。

まっ白な空間いちめんに、白い花が咲《さ》いてゆく。ひとつの花が咲《さ》くと、そのとなりにも新たな花が開く。花からつぎの花へ、光よりもなおはやく、開花がつらなり、まばゆい模様《もよう》がノラの視界《しかい》いっぱいに生まれてゆく。星の光のすじにも、鳥の羽毛のひとすじずつにも似《に》ていて、その花びらは細く、力強かった。数えきれない花びらを展開《てんかい》して、花たちはまた順番にしぼみ、新たに生まれては枯《か》れ、また生まれる。

――それが、目ではとても追いきれないはやさでくりかえされる。

シュユ・シンの言葉が、ノラの脳《のう》の芯《しん》によみがえった。

神のはやさで咲《さ》く花。神炉《じんろ》の火……。

自分がいまいる場所を、ノラは深々としたおどろきとともに知った。ここは、神《じん》炉《ろ》のなかだ。ノラはやはり、神炉《じんろ》に食べられてしまったらしい。

はげしいおそれは、しだいに深いおどろきに入れかわっていった。

神炉《じんろ》は、外から見ると背《せ》をまるめてうなだれた人間に似《に》ていた。が、そのなかは、どこまでもはてのないまっ白な空間だ。そしてそこに咲《さ》いては消滅《しょうめつ》する花々を、ノラがただ一人見ていて、花たちもまた、ノラを見ていた。

ノラは自分のまっ黒な髪《かみ》が、光の花の色に染《そ》まってゆく気がした。髪《かみ》だけではない、皮膚《ひふ》も、手足の指の先も、目玉も、体の内側も。自分と光のさかいめが、時間とともに消えてゆく。

あの光の花を絵に描《えが》くことなど、だれにもできないだろうとノラは思った。目にもとまらぬはやさの、開花と消滅《しょうめつ》のつらなり、そのくりかえし。雪の色の花びらはふわりとやわらかくも見え、氷の針《はり》のようにとがっても見えた。まぶしさがあふれ、けれどもけっしてふれることはできない。圧倒的《あっとうてき》な尨大《ぼうだい》さの花々は、しかし、この世のなによりもはかなくて、遠かった。

こんなものを体のなかにかかえているのだ。神炉《じんろ》は。あのなにも言わない巨人《きょじん》は。息もまばたきもできないまま、ノラは、たよりなくゆらめく三つ編《あ》みの先が白く光りだすのを見た。三つ編《あ》みの先につぼみが生まれ、花が咲《さ》く。手が、肩《かた》が、足が、光に染《そ》まる。ノラにはなにもできなかった。いまや、おどろきも恐怖《きょうふ》も、ノラのものではなかった。ノラの感じることも考えも、氷がとけるように神炉《じんろ》のなかに溶《と》けこみつつあった。

(シュユ・シンは、これを見てしまったんだ……)

ノラの胸《むね》におとずれたのは、とてつもないさびしさだった。それは、光の花といっしょにノラを染《そ》めている、神炉《じんろ》の気持ちであるのかもしれなかった。大地の上は、神炉《じんろ》の体にはつめたすぎた。神炉《じんろ》は、まだ卵から出てはならない巨大《きょだい》な鳥のひなのようなものだった。こんなすがたで、空気にさらされることは耐《た》えられない。

おそろしい。地面の上では、神炉《じんろ》にはなにも見えない。ただ立っていることしかできない。なににも、しがみついていることができない……。

——チリン。

消えかけている足首の鈴《すず》が、音を立てた。それと同時に、空気がうねりだした。どこかへ吸《す》いこまれる。いよいよノラという存在《そんざい》が、あとかたもなく消えてしまう——そう思ったノラの耳に、猫《ねこ》の鳴き声が聞こえた。遠く、かぼそく……だんだんはっきりと、その声はたしかにだれかを呼《よ》んでいる。

(フプ?)

名前を頭に浮《う》かべたとき、とうとつに、ノラの視界《しかい》から花々が流れ去っていった。頭痛《ずつう》がするほどのめまぐるしさで、景色から光が薄《うす》れる。かわりにノラの体はずしりと重くなり、空気の音が耳をつんざいた。

あわてて息を吸《す》いこむ。空気といっしょに、水が口のなかへ入ってきた。手足の自由がきかないのは、ノラが水のなかにいるからだった。いったいどうやって神炉《じんろ》から出たのだろう、湖から顔だけを出して、ノラは夢中《むちゅう》でもがいていた。

「ニャオ」

猫《ねこ》が鳴く。湖のほとりに一匹《ぴき》の猫《ねこ》がいて、こちらを見ている。黒い毛並みと黄色の目。フプではない。べつの猫《ねこ》だった。

「おい、子どもがいるぞ！」

さけび声がして、だれかがノラを指さした。知らない声に混乱《こんらん》して、ノラは手足をばたつかせるが、いつのまにかひえきった体は水にからめとられて、もがくぶんだけしずんでゆくようだった。あの光の花といっしょになって、手も足も消えてしまったにちがいないと、ノラは思った。

「はやくたすけろ！」

だれかのどなる声、いそいで走る物音——ルホたちのほかにだれもいないはずの町の、湖のほとりに、気がつくとたくさんの人だかりができている。まぼろしでも見ているのだろうか。体に力が入らない。このままでは、おぼれてしまう……

「ノラっ!」

呼《よ》ぶ声がして、人だかりのうしろから、暗い灰色《はいいろ》の獣《けもの》が飛びだしてきた。その背中《せなか》には金の髪《かみ》の女の子が乗っていて、それはノラが、会いたくてたまらない者たちだった。

一気にこちらへ近づくと、ソンガの背中《せなか》から身を乗りだしたリンゴ

が、ノラの手をつかまえた。消えてしまったかと思っていたノラの手は、ちゃんとある。リンゴの手をにぎりかえし、ノラはやっと、呼吸《こきゅう》をとりもどすことができた。

「リンゴ、ソンガ？」

まちがいない、まぼろしではなく、リンゴを背中《せなか》に乗せたソンガが、湖面の上すれすれの空中に立っている。

「やれやれ、やっと着いたと思ったら、これだ。元気そうじゃないか、ノラ」

ソンガが、水面に浮《う》いてひろがるノラのマントを、首を伸《の》ばしてくわえた。

「さあ、ここをはなれるぞ」

ソンガがマントを引っぱると、ノラの体は水からはなれて宙《ちゅう》に浮《う》いた。手も足も、ちゃんともとのまま、ノラの体にくっついている。

どよめきが、湖をとりかこむ。

人がいる。たくさんの人が、湖のほとりに立ち、目をまるくしてこちらを見ている。子どもも、大人もいた。大人たちの何人かは、汚《よご》れたシャベルを手にしている。

ちょうどノラたちが〈ラ〉のお墓を作るため、運んできたのと同じ——

「あっ」

ソンガに持ちあげられて視界《しかい》が高くなったノラは、湖のそばの草地に、白い大きな魚が横たわっているのを見た。〈ラ〉だ。消えたと思った〈ラ〉が、〈ラ〉のなきがらがいる。いなくなってしまったはずの人々も。黒い猫《ねこ》が一心に、湖の中心にむかって鳴いている。フプがそうしていたのと同じに……

雨の波紋《はもん》がひろがる湖は、ゆがんだ鏡のようだった。その中心には雨を両の手にうけている神炉《じんろ》がおり、さざ波の立つ水面は、くっきりと湖のほとりに立つ黒い猫《ねこ》のすがたを映していた。黒い猫《ねこ》……いや、ちがう。黒ではなく、灰色《はいいろ》の毛並みだ。そして、目の色は青い。あれは、フプだ。湖のなかからこちらを見ている猫《ねこ》、あれはたしかに、ルホたちといっしょにいるフプだった。

ソンガがひづめで宙《ちゅう》を蹴《け》り、ひと息に高度をあげようとする。

「ソンガ、待って！」

ノラはさけんだ。

「まだいるの、ルホたちが――あたしのこと、たすけてくれた人たちが！」

「だれだって？　どこに、いるんだ？」

マントをくわえているためにもごもごと、ソンガが問うた。

「い、いるの。ほんとに、いるんだ……」

口ではこたえながら、どこをさししめせばいいのか、ノラは混乱《こんらん》した。と、その顔の前へ、すっと手が伸《の》ばされた。

「あっちだよ、ほら」

リンゴが、神炉《じんろ》の浮《う》かぶ湖のおもてをまっすぐに指さしている。

「人がいる。猫《ねこ》も。湖のなか」

迷いなく、リンゴはそう言った。

「リンゴ……」

ノラが見あげると、リンゴは疲《つか》れた顔に、いっぱいの笑《え》みをほころばせた。

「ノラが元気になって、よかった。いっしょうけんめい、追いかけてきたの」

「うん」

ノラはうなずいたっきり、それ以上なにも言うことができなかった。ソンガが、フンと荒《あら》っぽく、鼻息を吐《は》きだした。

「いそぐぞ。人間たちが、なにをするかわかったもんじゃない」

そうして、ソンガはノラのマントを口にくわえたまま、力いっぱい空気を蹴《け》りつけ、湖面へむかって急降下《きゅうこうか》した。黒猫《くろねこ》がひと声、うれしそうに鳴くのを、ノラは背《はい》後《ご》にたしかに聞いた。


水に飛びこむと、真下にあったのは水底ではなく、もうひとつの水面だった。まるで二枚《まい》の鏡が、真水をはさんでむかいあっているかのように、むかいあわせの水面がすぐそばにある。ノラたちは、その一方をくぐってきたのだった。

横を見ると、神炉《じんろ》の足が二対、たがいの足の裏《うら》をあわせて水のなかに立っていた。

どちらもまったく同じで、見わけがつかない。ふたつの世界を結びつけている、奇《き》妙《みょう》な柱のようだった。

ソンガはいきおいを落とさずに、明るい水中を進み、そうしてもうひとつの水面を、ノラたちはつきぬけた。

「ノラ！」

悲鳴に近い声がして、ルホのおどろききった顔が見えた。ルホ、ウラナさん、セムは、神炉《じんろ》が手を伸《の》ばしてくる前と同じ位置に立っている。フプが湖のほとりで、くるりと尾《お》をくねらせた。

ソンガは多少乱暴《らんぼう》に着地し、ノラを地面の上へおろした。すかさずリンゴが背中《せなか》から飛びおりて、両腕《りょううで》でノラを抱《だ》きしめた。

雨がちっとも変わらずに降《ふ》っている。湖の神炉《じんろ》は、先ほど腕《うで》を伸《の》ばしてきたことなどうそのように、またてのひらをお椀《わん》にして雨をうけとめている。なにかにむかって祈《いの》るように、あるいは祈《いの》りをうけとるように。

ノラは力いっぱいに、リンゴにしがみついた。息がつまって、ものを言うことができない。リンゴにも、ソンガにも、もう会えなくなったらどうしようと思っていた。それなのに、二人とも、ちゃんと来てくれた。

「……おい、こりゃ、どういうことだ」

目の前にルホたちがいるにもかかわらず、ソンガがたまらず声をもらした。

「まあ、なんてこと！　ノラ、どこにもけがはない？　生きているわね？」

ウラナさんが駆《か》けてきて、両手でノラの顔をつつみこんだ。

湖のほとりにいるのは、ノラたちとルホたちだけだった。大勢の人々も、〈ラ〉のなきがらも、ここにはいない。黄色い目の黒猫《くろねこ》のかわりに、灰色猫《はいいろねこ》のフプがいて、甘《あま》えるような声でもう一度、湖の中心にむかって鳴いた。

「こ、この人たちに、たすけてもらったんだ。手当てをしてもらって、薬や、食べるものも……」

ノラは強引に目をぬぐって、ルホたちのことを説明しようとした。ウラナさんもルホも、言葉を失ったようすでノラとリンゴ、ソンガのことを見つめている。

セムだけは、しゃべるヤギにも、ノラに抱《だ》きついてはなれない女の子にも目もくれず、ぼうぜんと神炉《じんろ》に顔をむけていた。

「……なんで、こんなことが起きたんだ？　暴《あば》れるきざしはなかったのに。神炉《じんろ》は安定してたんだ。それなのに、なんで……ありえない、こんなこと」

浮《う》かされたようにつぶやくセムを、ルホがはっとふりむいた。ほかのすべてが目に入っていないようすのセムの手を、必死で揺《ゆ》する。

「大丈夫《だいじょうぶ》。大丈夫《だいじょうぶ》だよ、兄さん。すぐにもとどおりになる、きっと……」

ウラナさんが、ルホとセムのひじをつかんだ。

「いまはとにかく、ここをはなれましょう。また暴《あば》れるかもしれない。さあ、はやく！　ノラも、その子も、安全なところへ！」

ウラナさんのきっぱりとした声に、ルホがはげしく首をふった。

「逃《に》げないよ、ウラナさん！　大丈夫《だいじょうぶ》なんだから。神炉《じんろ》は、兄さんのだいじな研究対象なんだ。ぼくたちは、ここで神炉《じんろ》について、まだまだ調べなきゃならないんだ」

声を張りあげるルホの頭に、そのとき、雨ではないなにかが落ちてきてぶつかった。

ルホのつむじでこつんとはねて、地面に転がったのは、湿《しめ》ったビスケットだった。

「しらじらしいことを、いつまでも言ってるんじゃないぞ」

その声は、ウィンドベルをつるしている木の上からした。声につづいて、すとんと、枝の上から人が飛びおりてくる。人……いや、軽々と着地してひざを伸《の》ばした子どもの背後《はいご》には、灰色《はいいろ》の毛におおわれたしっぽが揺《ゆ》れている。同じく灰色《はいいろ》の耳は三角にとがり、顔の横には、そよそよとひげが生えそろっている。

ノラはあんぐりと口を開け、木からおりてきた男の子を指さした。

「あ、あんた……どろぼう猫《ねこ》！」

「命の恩人《おんじん》にむかって、最初に言うことがそれかよ、針金頭《はりがね》」

猫《ねこ》のフプそっくりな目をすがめて、タタンが吐《は》き捨《す》てた。

「な、な、なんて言った？」

顔をまっ赤にするノラを、ソンガがツノの先でこづいた。

「ノラ。いまは、それどころじゃなさそうだ」

するとタタンが、肩《かた》をすくめた。

「そうでもないさ。神炉《じんろ》は、べつに暴《あば》れてなんかない。針金頭《はりがね》のチビがへんな魔法《まほう》をかけたんで、ゆがんでいたところが伸《の》びたんだ」

「ゆがんでた……？」

困惑《こんわく》するノラから顔をそむけ、タタンはルホに近づくと、目をつりあげてつめよった。

「おまえが、ゆがめたんだろ」

ルホにむかって、きっぱりとそう言った。ルホは目じりを引きつらせ、めがねの奥《おく》で、目をまんまるにする。

「な、なんだよ、なんのこと言って……」

いまにも泣きだしそうなルホの顔を、タタンは心底つまらなそうにながめまわし、フンと鼻を鳴らした。そうして、人間とはちがう自分の耳を指さした。

「猫《ねこ》の言ってることなら、だいたいわかるんだ。人間はだませても、猫《ねこ》をだますのは無理だぜ。仲間の猫《ねこ》が水のむこうにいるから帰りたいって、こいつはずっと言ってる」

フプが小さく鳴きながら首をかしげ、リボンで結わえられた鈴《すず》を揺《ゆ》らした。

「あっ……さっきの、黒猫《くろねこ》……？」

水のほとりで鳴いている猫《ねこ》を、ノラは見たのだった。

「スースだわ。だけど、あの子は家族といっしょに、この町をはなれたはずでしょう？」

ウラナさんが青ざめながら、口に手をあてた。ノラはしがみついているリンゴの肩《かた》から、ウラナさんのほうへ首を伸《の》ばした。

「ウラナさん、いたんだよ。あたし、湖に落ちて、見たの。町の人たち……それに、〈ラ〉もいた。消えてなかった。町の人たちが、お墓を作ろうとしてたんだ」

「雨鳥《あまどり》の都で、子どもが消えたんだって、木に食べられた人が言ってたよ」

ノラからはなれないまま、リンゴが告げた。ソンガが顔を近づけ、耳打ちしてくる。

「おい、ノラ。こいつらがおまえをたすけたってのは、ほんとうなのか？　なんだって〈ラ〉は、おまえをこっちへつれてきたんだ。こんな連中はほうっておいて、さっさとここをはなれたほうが……」

　ノラはヤギの口を押《お》さえこみ、うしろへやった。

「ね、ねえ、むこうへ行こう。湖のむこうの、もうひとつの町へ。どうなってるのかはわからないけど、水のむこうにもうひとつの町がある。逃《に》げだしてなんかなかった。人が、たくさんいた。きっとルホやセムの家族も……」

　自分が見てきたものについて、なんとか伝えようと、ノラは言葉をたぐった。セムが顔をゆがめ、力まかせに自分の髪《かみ》をかきむしった。

「信じられるか、そんなこと。どういうことなんだ？　神炉《じんろ》はあの日、たしかに——」

　声を高めてゆくセムの手を、ルホが引っぱった。

「兄さんは、まちがってないよ！　神炉《じんろ》が暴《あば》れて、みんな出ていった。だからぼくたちは、ここにいるんじゃないか。だれかが、研究しなきゃならないんだ。もっと大勢の、未来の人たちのために」

　さらさらと降《ふ》る雨の音が、ここにいる者たちをみんないっしょにつつみこむ。つめたくて静かで、雨は、だれかの涙《なみだ》のにおいがした。

「だからやめろって言ってるだろ。おまえが神炉《じんろ》に細工して、こんなところに自分たちを閉《と》じこめたのに」

タタンが吐《は》き捨《す》てた。同時に、空気がしんと静まる。

「その猫《ねこ》が、言ったんだ。おまえが神炉《じんろ》に毒《どく》を飲ませて、町をふたつにしたんだって。湖をさかいめにして、そっくりの町をもうひとつ作ったんだろ。そのせいで仲間とはなればなれになって、こいつは、ずいぶん迷惑《めいわく》してるみたいだぞ」

痛々《いたいた》しいほど鋭《するど》く息を吸《す》いこむ音が、水のほとりに響《ひび》きわたった。

「う、うそだ！　うそを言ってるんだ。ぼくに、そんなことできるわけないだろ」

ルホのあごも手もわなわなとふるえ、顔は青いのを通りこして、まっ白になっている。

「うるさいな。猫《ねこ》がうそなんかついて、なんの得《とく》があるんだよ」

いつのまにかタタンの足もとへ移動して、フプが「ミャオ」と高く鳴いた。

「うるさいのはおまえだっ。だまれよ、よそから来たくせに！」

ルホがどなりつける。まるで、自分ののどを破り裂《さ》くような声に、ずっと神炉《じんろ》に視線《しせん》をそそいでいたセムが、はじめてふりむいた。

「ルホ――？」

心配そうなセムの声が、ルホのなかのなにかを、はじけさせた。

「うるさい……うるさい、うるさい！」

その声が、雨に守られた町の静けさを、引き裂《さ》いてゆく。やさしく気の弱そうなルホの顔には、いま、荒々《あらあら》しい怒《いか》りがむき出しになっていた。

「いつもいつも、目の前のことに夢中《むちゅう》になって――そんなだから、簡単《かんたん》にだまされるんだよ。こんなの、すぐに見破られると思ってたのに、ぜんぜん気づかないんだもん。がっかりだな。兄さんは賢《かしこ》い、特別だってみんな言ってたけど、なにかのまちがいだったんじゃないの」

「ルホ、なにを言ってるんだ？」

セムの顔をにらみつけ、ルホが靴底《くつぞこ》で地面を蹴《け》りつけた。

「わかんないのか？　こいつの言うとおりだって、言ってるんだよ！　ぼくがやったんだ。神炉《じんろ》の力を利用して、雨鳥《あまどり》の都をもうひとつ作った。父さんが作ろうとして失敗した、あの薬を完成させたんだ。力を増幅《ぞうふく》させて、神炉《じんろ》をふやすための薬を。そうして作りだしたにせものの町に、兄さんとウラナさんとフプを、閉《と》じこめた。ぼくの家族は、ぼくが決めた人たちだけだから！」

肺《はい》の奥《おく》まで吸《す》いこもうとする空気は、ルホののどもとでせき止められてしまうようだった。

「ぜんぶ、ぼくがやったんだ。ぼくが考えた！　できるわけないと思ってた？　いつもいつも、大人たちがほめるのは兄さんばかりで、ぼくにはなんの才能もないって言って。兄さんも、そう思ってたんだろ？　ぼくにできるのは作り話の本を読むことと、猫《ねこ》の世話をすることくらいで、こんな大きなことが引き起こせるわけがないって。……ばかにするなよ！」

ひくっと、けいれんのようにルホが息をつめた。雲が厚《あつ》くなったのか、空気が暗くしずみ、そのために神炉《じんろ》の白さがいっそう明るい。

深くうつむき、ふたたび顔をあげたルホは、もうはげしい感情に乗っとられてはいなかった。かわりに、幼《おさな》さの残る顔には、だれにも手のとどかないあきらめと、とり去りようのないむなしさが巣《す》を張っていた。

「……ここにいれば、だれもぼくのことをばかにしない。兄さんとくらべて、勝手にがっかりされることもない。兄さんはとことん研究に打ちこめて、ぼくは、ずっと兄さんに憧《あこが》れていられるんだ」

ウラナさんが目を閉《と》じ、ゆっくりとかぶりをふっている。リンゴがやっと手の力をゆるめ、ノラはおなかの底からせりあがってくるふるえといっしょに、声を発した。

「そ、そんなの……そんなの、おかしいよ。セムは、ルホにはみんなといてほしかったって言ってた。お父さんやお母さんについていって、安全な場所にいてほしかったって……ルホを巻《ま》きこんでしまったって、そう言ってたんだ。なのに……」

足をふみだすノラを、ルホがつめたい目でにらむ。いや、にらむほどの力は、もうこもっていなかった。どうでもいい言葉を吐《は》きだす相手を、ただぼんやりと見やっているだけだった。

「だから、なんだよ。ノラに、なにがわかるんだよ。ノラだって、兄さんの肩《かた》を持つんじゃないか――ほら見なよ、ここに閉《と》じこめておかなきゃ、ぼくのことをほめてくれる人も、信じてくれる人もいないんだ。うまくいったと思ったのに、やっぱりだめになった。ぼくのやることは、いつも失敗するんだ。ノラたちが、だめにしたんだ」

そうして、ぞっとするほど低い声で、言いはなった。

「もう、ここにいる理由なんてないだろ。さっさと出ていけよ――魔女《まじょ》」

体の芯《しん》で、なにかがぽきんと音を立ててこわれるのを、ノラは感じた。

ソンガが乱暴《らんぼう》に鼻を鳴らすのを押《お》さえつけて、リンゴが進みでた。まっすぐルホの正面に立つと、リンゴは両手を伸《の》ばし、ぱちんと音をさせて、てのひらでルホの頬《ほお》をはさんだ。

「ノラにひどいこと言っちゃ、だめ」

きゅっと眉《まゆ》をよせているリンゴの短い髪《かみ》が、草のようにそよいだ。はばたきの音が、間断《かんだん》なく降《ふ》る雨をかき乱《みだ》す。全員が、空をふりあおいだ。空に蓋《ふた》をする雨雲よりもなお濃《こ》い灰色《はいいろ》の翼《つばさ》が、群《む》れをなしてノラたちの真上へ集まってきた。

雨鳥《あまどり》たちだった。家々の屋根の上でうなだれ、雨のなかにたたずんでいた鳥たちが、大きな翼《つばさ》で風を起こしながら旋回《せんかい》している。

最初の一羽が、迷《まよ》わず湖にむけて降下《こうか》した。長いくちばしの先端《せんたん》が、水に吸《す》いこまれる。うつむいている神炉《じんろ》のそばをすりぬけて、一羽、また一羽と、雨を呼《よ》ぶ鳥たちが湖へ飛びこんでゆく。

一羽も鳴き声をあげず、ただとらえどころのない空気のうねりを残して、雨鳥《あまどり》たちは消えた。

「雨が……」

セムが声をわななかせた。

「雨がやんでしまう。雨がないと、神炉《じんろ》が」

セムの肩《かた》に、ウラナさんが手を置いた。まなざしはルホへむけられている。

「……わたしたちも、行かなくては。雨が降《ふ》らなくなれば、ここは神炉《じんろ》に守られた町ではなくなる。セム、あなたの研究ノートを、大いそぎで持ってきなさい」

青ざめて目をみはるセムに、ウラナさんは厳《きび》しく告げた。

「たとえ、にせの世界での研究だったとしても、だれかの役に立つ可能性はある。持っていくのよ。わたしたちは、ほんとうの世界にもどるの」

セムはなにもこたえずに、一人で走りだした。草地をぬけて、坂のほうへ、自分たちの家があるほうへ。

「ウラナさん、ひょっとして――」

呼《よ》びかけるノラに、ウラナさんはうなずいた。

「なんとなく、おかしいとは思っていたの。だけど、いまのいままで確信が持てなかった」

雨の線が細くなり、その数をへらして、銀色の雲のすきまから、うっすらと光がこぼれてくる。その光は、神炉《じんろ》のてのひらのなかで見たあの無数の花びらと、どこか似《に》ている。

「いつも兄さんとくらべられてばかりのルホが、一人で苦しんでいるのは知っていた。知っていながら、たすけることができずにいた自分が恥《は》ずかしくて、わたしは湖のしかけを、見ないふりしていたのかもしれない……」

ルホはもうなにも言わず、ひえびえとしたまなざしを湖にそそぐばかりだった。

ウラナさんが悲しそうに、その小さな背中《せなか》を見つめる。

「湖のなかを通っていけば、もとの町にもどれるのね？」

ノラはうなずいた。ノラが、こちら側の町をこわしてしまった。〈ラ〉が消えたことにおどろいて、またこの心臓《しんぞう》が、望《のぞ》んでもいない魔法《まほう》をかけてしまった。ルホは、あんなに幸せそうだったのに。セムだって、あんなに真剣《しんけん》に研究にとりくんでいたのに――たとえにせものの町だとしたって、この人たちはちゃんと、家族だったのに。

雨が、みるみる弱まってゆく。もうここに、雨を呼《よ》ぶ鳥は一羽も残っていないのだ。その胸《むね》の中心、心臓《しんぞう》があるはずのところに、黒々と大きな穴《あな》が開いたみたいだ。黒い穴《あな》から体温が流れだしてゆくようで、ノラはただ、まっすぐ立っているだけでやっとだった。リンゴがノラの手をにぎり、なにか言ったけれど、聞きとることができなかった。

やがて何冊《なんさつ》ものノートをかかえたセムがもどってくるころには、もう完全に雨はあがっていた。雲間から、光の柱がさす。

ノラたちはそうして順番に、神炉《じんろ》の立つ湖をぬけて、もうひとつの町へ、ほんものの雨鳥《あまどり》の都へとむかった。

「おい、ノラ、いいかげんに泣きやめよ」

ソンガが、背中《せなか》の上へむかって不満そうに言った。

合わせ鏡になった湖をくぐり、人が大勢いるもうひとつの町へもどったあと――

ノラたちは、魔女《まじょ》だととがめられる前に、いそいで雨鳥《あまどり》の都をはなれた。行方《ゆくえ》の知れなかったルホとセム、ウラナさんが現れて、町は大さわぎになっていたから、二人の女の子を乗せて駆《か》け去るヤギに、注意をはらう人はいなかった。

ノラはぐずっと鼻をすすって、目をぬぐったけれど、涙《なみだ》はいっこうに止まらなかった。

もとの町へもどったルホたちのもとへ、まっ先に両親らしい人間たちが駆《か》けつけるのを、ノラは見た。セムが二人の親たちにむかって腕《うで》を伸《の》ばすうしろで、ルホはあのつめたいまなざしを、じっと地面にむけていたのだった。フプとスースの二匹《ひき》の猫《ねこ》だけが、なにごともなかったかのように、灰色《はいいろ》と黒の頭をこすりつけあっていた。

（あたし、なんてだめな魔女《まじょ》なんだろう。どうして、姉さんたちみたいにできないんだろう）

ルホはこれから、ずっと暗い目をして生きなくてはならないかもしれない。

ノラが泣きやまないせいか、ソンガは空へのぼらず、ずっと地べたを歩いていた。

「ノラ、まだ痛《いた》いの？　けがのところ、痛《いた》い？」

うしろに乗ったリンゴが、ノラのほうへ身を乗りだしてくる。それにも、ノラはこたえることができなかった。

「そういえば、あのどろぼう猫《ねこ》はどこへ行った？」

ソンガがこうべをめぐらせる。いっしょに湖をくぐりぬけたタタンのすがたがない。タタンも、魔女《まじょ》のそばになどいたくないのかもしれない。

魔女《まじょ》でなくて、人間だったらよかったのだろうか？　そうしたら、ノラはなにも失敗せずにすんだのだろうか。どこへ行こうと、だれと会おうと――どうして、なにもかもだいなしにすることしかできないのだろう。

雨鳥《あまどり》の都をはなれ、ソンガは木立《こだち》にはさまれた細いいなか道を進んでいた。午後の日ざしが、赤く色づいた木の葉を透《す》かしてちろちろと地面でたわむれていた。

なんとかノラをなぐさめようと言葉を探《さが》していたリンゴが、ふとうしろをふりかえった。それと同時に、ソンガが足を止める。……なにかが近づいてくるのを、泣きすぎてぼんやりと鈍《にぶ》ったノラの耳も聞きつけた。

ひづめの音がする。馬が、こちらへむかってくる。

ノラはあわてて目をぬぐった。魔女《まじょ》をこらしめるために、都から追手《おって》がかかったのだと思った——魚の森まで追いかけてきた、あの盗賊《とうぞく》ネズミたちのように。

ソンガが空へ逃《に》げられるよう、足に力をこめた。と、こちらを呼《よ》ぶ声がとどいて、ソンガを一瞬《いっしゅん》ためらわせた。

「ノラ！　待って！」

ウラナさんの声だ。馬に乗ったすがたが、道のうしろに見えてくる。

「どうする？」

ソンガが聞いた。ノラは呼吸《こきゅう》を整えなくてはと、ひくっとしゃくりあげた。

「ま、待って。手当てをしてもらった、お礼を言わなくっちゃ……」

からからののどからは、自分のものではないような声しか出てこなかった。お礼を伝えずに、〈ラ〉にしてしまったのと同じことをくりかえしたら、自分はもう、地面の上にいられなくなると、ノラは思った。

ノラは、黒毛の馬に乗ってこちらへむかってくるウラナさんを待ちながら、ソンガの手綱《たづな》をにぎる手がふるえるのを止められなかった。ウラナさんも、本心では魔女《まじょ》がきらいなのではないか。やっぱり、ノラに腹《はら》を立てて、追いかけてきたのではないか――

「ああよかった、追いつけないかと思ったわ」

手綱《たづな》を引いて馬を止まらせ、ウラナさんは疲《つか》れと緊張《きんちょう》のやどる顔に、頬笑《ほおえ》みを浮《う》かべた。大あわてで馬を走らせてきたと見え、息があがっている。

「……ルホがあんなことを言って、ごめんなさい。あの子があんなことを言ったのも、自分のために神炉《じんろ》を利用したのも、わたしたちの責任だわ。ほんとうに、なんと言ってわびたらいいのか」

ウラナさんは馬からおりると、肩《かた》からさげていたかばんをおろし、そのままノラにむけてさしだす。ノラはふるえながら、自分もソンガの背中《せなか》からおりた。

「たくさんではないけど、食べ物よ。それから、お薬。ノラ、傷《きず》がまだなおりきっていないし、あなたの心臓《しんぞう》は、人より丈夫《じょうぶ》とは言えない。ほんとうは、まだしばらく、わたしたちのところにいてほしいけれど……そうもいかないわね」

一瞬《いっしゅん》、なぜかウラナさんは、頭上の枝に視線《しせん》をむけた。

「セムから、ことづてがあるの。ノラの探《さが》している〈黄金《おうごん》の心臓《しんぞう》〉……われわれにも、たしかなことは言えないのだけど、この地図にある月見の塔《とう》に、かつて魔女《まじょ》が大きな力を呼《よ》びよせたという伝承《でんしょう》がある。古くから使われてきた、祈《いの》りの場所。いまは、そこがどうなっているか、残念ながらわからないのだけど。……ルホが、書庫で調べていたのよ。ノラの役に立つといいのだけど」

ウラナさんが、ポケットから折りたたんだ紙をとりだす。

ノラはさしだされたそれを、ほとんど無意識《むいしき》にうけとっていた。

「ルホが……?」

うなずくウラナさんのうしろで、馬がいきおいよく頭をふるった。

「元気でね、ノラ。探《さが》しているものが見つかるよう、祈《いの》ってる」

「あ……あの」

うまく声が出ない。ノラは、やわらかなしわをならべて頬笑《ほおえ》むウラナさんの顔に、神炉《じんろ》の花のまぼろしを見た。

神のはやさの開花と消滅《しょうめつ》のくりかえしが、ウラナさんの目鼻や頰《ほお》、くちびるや髪《かみ》にやどっている。その顔はとても、美しく見えた。

「ありがとう……ウラナさん、たすけてもらって。ルホのことを悲しませて、ごめんなさい」

「ノラ、いつかまた会えますように。あなたと、あなたのお友達の無事を祈《いの》っていますよ」

ウラナさんはふたたび馬の背中《せなか》にまたがると、方向を転じて、来た道を引きかえしていった。こずえで鳥がさえずった。雨鳥《あまどり》ではない、晴れた日に空を飛ぶ小鳥の声だ。

カーブのむこうへ、ウラナさんを乗せた馬はすぐに見えなくなってしまった。

「どうする？　いまの人間の言ったところへ、行ってみるか？」

ソンガがぱたっと短い尾《お》をふった。地図を開いてみて、ノラは新しく出てきた涙《なみだ》が紙の上へ落ちないよう、顔をそむけなければならなかった。

「……行ってみる。あの人たちのこと、信じる」

「あいつらに、泣かされたくせに」

その声は、木の上から降《ふ》ってきた。ぎょっとしてノラが見あげたときには、声の主は、軽々と地面におり立っていた。

「人間の言うことなんか、ひとつも信じてやる必要はないって、学ばなかったのかよ」

くねりと灰色《はいいろ》のしっぽを動かすそれは、とっくにどこかへ行ったと思っていた、タタンだった。雨が降《ふ》っていないので、顔の両わきのひげが、ピンと自慢《じまん》げに弧《こ》を描《えが》いている。

「な、なにしに来たの？」

ノラは眉《まゆ》をつりあげたが、泣いてまぶたのはれた顔では、あまりこわい表情にならなかった。タタンは、さも生意気《なまいき》なようすで目をすがめ、ノラをながめまわした。

「まあでも、あの魚のことは、ちゃんと埋葬《まいそう》してたな。で、どっちに行くんだ？」

「えっ？　えっと……」

ノラは地図に顔を寄《よ》せ、何度か上下を引っくりかえして、方角をたしかめた。

「に、西にあるって、書いてある」

「ふうん、そうか」

そう言って、タタンは道の先へ悠然《ゆうぜん》と歩きだした。

「ねえ、ちょっと、なんのつもり？」

ノラがさけぶと、タタンはひげをそよがせてふりむく。

「おまえたちがあの町の人間にだまされてないか、見張っててやるよ」

ソンガの背中《せなか》にまたがりながら、ノラはきょとんと目をまるくした。

「ノラ、タタンもいっしょに行くの？」

リンゴが声をはずませた。

「ま、まさか。だいいち、あたしたちは、空を飛んでいくんだし」

するとノラの下で、ソンガがぶるんとため息をついた。

「しばらくは、歩くつもりにしてるぞ。おれもリンゴも、休みなしに飛んできて、くたくただからな」

「ええっ？」

「ノラ、よかったね。タタンがいっしょにいて」

「よ、よくないよ！　あんなのといっしょじゃ、なにを盗《ぬす》まれるか、わかったもんじゃない」

「おまえらなんかから、盗《ぬす》むかよ。どうせ、金目のものなんて持ってないんだろ」

前を行くタタンのしっぽは、木洩《こも》れ日《び》のせいで色が明るくなり、フプにそっくりだった。

ふたたび移動をはじめたソンガの上で、ノラは色づいた木々が枝をさしのべる空を見あげた。――晴れた空を、ずいぶんひさしぶりに見たと、そう思った。くしゅんとひとつ、くしゃみをして、ノラは手綱《たづな》をにぎりなおした。ここでは雨がやんでいて、ノラの涙《なみだ》も、いつのまにか止まっていた。

第2章

1　塔《とう》への道

木洩《こも》れ日《び》がひらひらと、ノラの腕《うで》やソンガのツノに降《ふ》ってくる。白くて金色で、透《す》きとおった光は、神炉《じんろ》のなかで見た花たちとどこか似《に》ていた。

（あんなにこわくてきれいなもの、はじめてだった）

ルホたちは、もとの町で仲よくやってゆけるだろうか。雨鳥《あまどり》の都をはなれてから、そのことがずっとノラの胸《むね》に食いこみつづけていた。

山道をのぼってゆくにつれ、日差しはしんしんと色を深めてゆく。西日は考え深げに山道を染《そ》めあげて、あたりは金色にかがやいた。まもなく熟《う》れたくだものの色になってゆく太陽が、いっとう美しい光を投げかける時間だった。

「ノラ、ねえ。ねえったら」

うしろに乗っているリンゴが、ずいっと顔をつきだしてきたので、ノラはわれに

郵便はがき

料金受取人払郵便

小石川局
承認

7493

差出有効期限
2025年1月
31日まで

【切手不要】

112-8790

127

（受取人）

東京都文京区千石4-6-6

童心社 愛読者係 行

母の
ひろば
doshinsha
haha no hiroba

ご希望の方に「母のひろば」の
見本誌を1部贈呈いたします

「母のひろば」は、読者の皆様と童心社をむすぶ小冊子です。絵本や紙芝居、子育て、子どもをとりまく環境などについて、情報をお届けしています。

見本誌を1部無料で贈呈いたします。右のQRコードからお申し込みください。発送時に振込用紙を同封いたしますので、ひきつづきご購読くださる際はお振り込みください。

発行：月1回●年間購読料：600円（送料込）A4判／8頁

＊こちらのハガキでもお申し込みいただけます。
裏面の必要事項をご記入の上、ご投函ください。

https://www.doshinsha.co.jp/hahanohiroba/form.php

ご感想、ご意見をおよせください

＊ご感想、ご意見は、右のQRコードからもお送りいただけます。
https://www.doshinsha.co.jp/review/

お読みになった
本のタイトル

＊この本のご感想、ご意見、作者へのメッセージなどを、お聞かせください。

ご記入日　　年　　月　　日

フリガナ
お客様の
お名前
（男・女）
歳
TEL

ご住所 〒

この本をお買い求めになったのは……
□お子さん・お孫さんへ →
□園や学校の子どもたちのため
□文庫や読み聞かせ活動のため
□ご自身で読むため　□その他（　　　）

お子さん・お孫さんのお名前

年　月生（　）歳	年　月生（　）歳
年　月生（　）歳	年　月生（　）歳

Eメール

小社カタログを……………………□希望する　□希望しない
「母のひろば」の見本誌を（無料）………□希望する　□希望しない
小社のメールマガジンを……………□希望する　□希望しない

お客様の個人情報は、「母のひろば」（裏面参照）やカタログの発送以外には使用いたしません。
・およせくださったご感想などは、作者の方もお読みになる場合があります。
また、小社ホームページおよび「母のひろば」、宣伝物等に掲載する場合がございます。

かえった。さっきからずっとノラを呼《よ》んでいたのに、考えにふけっていて、気がつかなかったらしい。

「ごめん、なに、リンゴ？」

リンゴはつぶらな目を、不思議《ふしぎ》そうにぱちぱちさせた。

「タタン、またどこかに行っちゃったよ」

なだらかな山越《やまご》えの道を、ノラたちは進んでいた。黄金《おうごん》や朱《しゅ》に色づいた枝が天蓋《てんがい》になり、人と獣《けもの》の行き来でならされた一本道は、ゆるやかにまがりくねっている。だれかとすれちがうかもしれないので、ノラとリンゴは、ソンガの背中《せなか》にまたがっていた。道の先から来る者が、盗賊《とうぞく》でないとはかぎらないのだ。ソンガのすこし先を、さっきまで、灰色《はいいろ》の尾《お》をくねらせたタタンが歩いていたのだが……。

「やっぱり、一人のほうがよくなったんじゃないのか？」

のんびりとした足どりで歩きながら、ソンガがぼやいた。ノラは眉《まゆ》をひそめて、あたりに視線《しせん》を走らせた。道の前後にも木々のあいだにも、猫《ねこ》そっくりな男の子のすがたは見あたらない。

「ついてくるんだか、勝手に歩きまわるんだか、どっちかにすればいいのに」

ノラが口をとがらせると、ソンガが舌《した》をつきだして、下品な音を鳴らした。

「気にするな。好きに歩かせておけばいいんだ」

「そうかもしれないけど……」

「そんなことより、雨鳥《あまどり》の都にいた人間の言葉は、信じていいんだろうな？」

月見の塔《とう》という建物を、ノラたちはめざしていた。はじめてたどり着いた村でヒオのおじいさんからもらった地図に、ウラナさんが持たせてくれた地図を貼《は》りつけて、方角をたしかめながら。この調子でのぼってゆけば、日が落ちてしまうまでには、塔《とう》にたどり着けるはずだった。

「あたりまえでしょ。あの人たちは、あたしのこと、たすけてくれたもん」

そのときガサッと、頭上の枝が揺《ゆ》れて、色づいた木の葉が何枚《なんまい》も降《ふ》ってきた。枝の上から、ソンガの目と鼻の先へ飛びおりてきたタタンが、片手《かたて》をつきだす。その手には、よく使いこまれたかばんがぶらさがっていた。

「晩《ばん》めし、持ってきてやったぞ」

ぶっきらぼうな調子で言うタタンのひげが、得意《とくい》げにそよぐ。足を止めたソンガの上で、ノラはあんぐりと口を開けた。

「ば、晩《ばん》めし？」

目をまるくするノラたちの前で、タタンはだれのものとも知れないかばんに手をつっこみ、中身をたしかめた。

「ビスケットに、燻製肉《くんせいにく》に、キャラメルも入ってるぞ。よく食うやつなのか、どこかへ遠出するところなのか知らないけど。全員でわけてもじゅうぶんある」

平然と説明するタタンに、ノラは手綱《たづな》をにぎる手を、ぶるぶるとわななかせた。

「〝持ってきた〟じゃなくて、〝盗《ぬす》んできた〟でしょ！　かえしてきて、いますぐ！」

噛《か》みかかるようにどなるノラに、タタンは三角耳をピンと立て、不思議《ふしぎ》そうな顔をした。こちらの言うことが、まるきりわからないという顔だ。ノラは自分の三つ編《あ》みを引っつかんで、体じゅうのいらだちを、のどもとにかき集めた。

「持ち主にかえしてきてって、言ってるの！　荷物がなくなったら、その人がこまるでしょ？　言っとくけど、あたしたち、どろぼうの仲間になるつもりなんて、ないから！」

ふわりとした弧《こ》を描《えが》いていたタタンのひげが、上にむけて立ちあがった。

「ふうん、そうかよ」

小さく言って、ノラから目をそむけると、タタンは身をひるがえし、木立のむこうへ駆《か》けていってしまった。かすかな足音は、あっというまに聞こえなくなる。

「まったくもう！　なんなの、あいつ。盗《ぬす》んだものを食べようとするなんて、信じられない。あんなのといっしょにいたら、あたしたちまでどろぼうになっちゃう」

「頭ごなしに言ったって、聞きやしないさ。あいつにとっては、人から盗《ぬす》んで生きるのが、あたりまえだったんだから」

ソンガがやれやれとツノをふって、ふたたび歩きだす。

「だからって、だめなものはだめでしょ？　もしこの先もついてくるんなら、どろぼうなんか二度としないって約束させなくちゃ。ねえ、リンゴ？」

ノラは、思いきり眉間《みけん》にしわを寄せた。ソンガは、ノラの怒《いか》りになどまるで頓着《とんちゃく》せずに、先へ進んでゆく。……と、ノラのおなかが、きゅうと鳴った。

「さっきの食い物、もらってておけばよかったんじゃないか？」

「うるさいなあ、もう！　ウラナさんにもらった食べ物だってあるんだよ。塔《とう》に着いたら、食べるんだもん」

ふとノラは、腕《うで》にクモの巣《す》が引っかかるのを感じた。ちぎれて風に揺《ゆ》れていたクモの巣《す》がくっついたのだ。ノラは手でべとつく糸をとりのけようとした——けれども、腕《うで》についたはずのクモの巣《す》は、一瞬《いっしゅん》のあいだに消えてしまっていた。気のせいだったのだろうか？

不思議《ふしぎ》に思いながらも前へむきなおろうとするノラの耳に、おかしな音が響《ひび》いてきた。古い楽器を、うんと遠くででたらめに鳴らしているかのような……

「ノラ、あれなあに？」

リンゴがうしろをむいて、首をかしげた。たどってきた坂道は、灰色《はいいろ》の影《かげ》をふくんで、夜に入りこみはじめている。リンゴの頭のむこうに目をこらし、ノラは思わず、力いっぱい手綱《たづな》を引っぱった。ソンガがおどろいて、前足を浮《う》かす。

「なんだなんだ！」

「ソンガ、たいへん！」

薮《やぶ》かげからぞろぞろと、小さなものがさまよいでてくる。木切れや小石を集めたような体でぎこちなく動く、それはどうやら、クモのすがたの小鬼《こおに》だった。痩《や》せた手足、まんまるな頭と腹《はら》。十匹《ぴき》ほどいる小鬼《こおに》たちは、それぞれに五つそなわった赤い目を、きょろりとこちらへむけた。

太さも長さもまちまちな、木の根じみた足をくりだし、仲間の体につまずきながら、ノラたちを追いかけてくる。

「走るぞ！」

ソンガのひづめが地面を蹴《け》った。

「タタンがいないよ」

うったえたリンゴは、すぐに口を閉《と》じた。空中へ飛びあがる揺《ゆ》れのせいで、舌を噛《か》みそうになったのだ。

「ほっとけ、すぐに追いつくさ」

アザミ色の妖精《ようせい》の火の玉が、ノラの三つ編《あ》みからおどりでた。が、いくら火の玉がちかちかと光っても、小鬼《こおに》たちは止まろうとしない。仲間だと思って、森や暗がりに住むものたちは、この火に近づいてこないはずなのに。

小鬼《こおに》たちは、口々になにかをわめいて

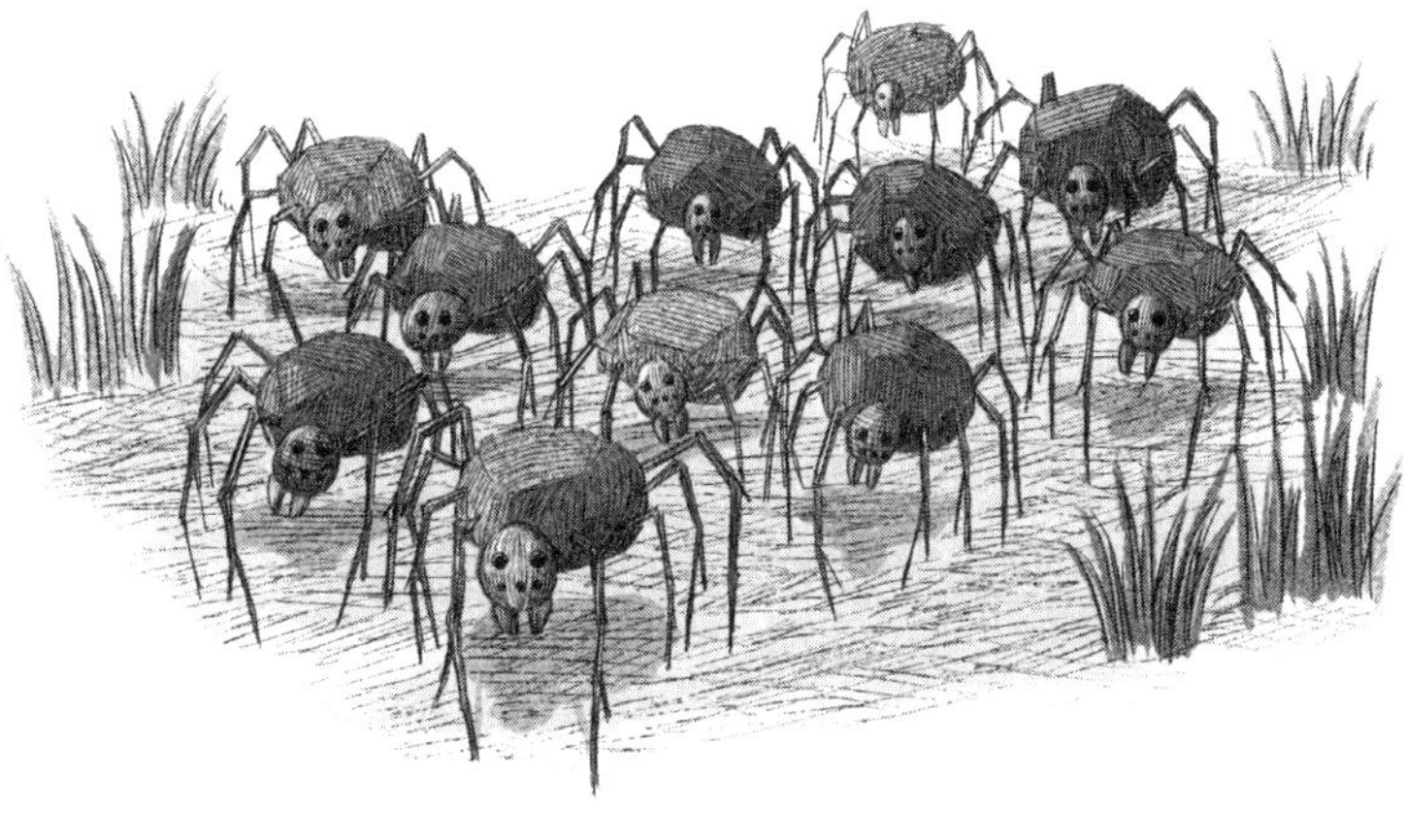

いる。言葉ではなく、ものが転がるか、こわれるかするときの音の、でたらめなつぎはぎだった。意味のわからない音の集まりは、けれども、ただひとつのことを訴《うった》えていた。ノラたちへの怒《いか》りだ。いったい、ノラたちが、なにをしたというのだろう？

空へ逃《に》げるソンガが枝をつきぬけるのにそなえて、ノラは頭をさげながら、腰《こし》にしがみついてくるリンゴの手をつかんだ。

タタンは、ちゃんと自分の身は守れるだろう。あとでまた合流すればいい。そもそもあのクモみたいな小鬼《こおに》たちは、タタンには敵意《てきい》をむけないかもしれない。

ひと息に木々の上までのぼり、ソンガはその場からはなれようとした。

ところが、空気を蹴《け》るための足を、ソンガは動かすことができなかった。いつのまに追いついたのか、うしろ足に、びっしりと小鬼《こおに》たちがしがみついている。悪態《あくたい》をついて、ソンガは足をふりまわした。何匹《なんびき》かの小鬼《こおに》がばらばらと落ちていったが、しぶとく残った三匹《びき》が、ますますさかんにわめきたてた。なかの一匹《ぴき》が、リンゴの足環《あしわ》にとりついてぶらさがる。短く悲鳴をあげたリンゴに、あとの二匹《ひき》もねらいをさだめた。赤いワンピースの布をつかみ、リンゴの体によじのぼってくる。

「こらっ。あっちへ行って！」

ノラは小鬼たちを追いはらおうと、腕《うで》をふりまわした。小鬼《こおに》たちは八本もある足の先を、しっかりとリンゴの服に食いこませていて、はなれようとしない。妖精《ようせい》の火の玉をけしかけても、びくともしなかった。

そのうち、一匹《ぴき》の小鬼《こおに》が、リンゴの肩《かた》からノラの髪《かみ》の毛へ飛び移ってきた。頭の上へのぼろうとして、けれど、かたい三つ編《あ》みに足が引っかかって動けなくなる。小石の転がる音で鳴く小鬼《こおに》をふり落とそうと、ノラは夢中《むちゅう》で頭をふった。

ぷつんと、何本かの髪《かみ》の毛が切れて、小鬼《こおに》がノラからはなれた。と同時に、うしろからリンゴが消えた。

ノラにとりついていた小鬼《こおに》を両手でつかまえ、かわりに自分のささえを失って、リンゴはまっさかさまに、ソンガの背中《せなか》から落ちてゆくところだった。

急旋回《きゅうせんかい》して追いかけるソンガの鼻先すれすれを、リンゴは落ちてゆく。ぱっちりと開いた若葉色《わかばいろ》の目が、まばたきもせずにこちらを見ていた。

「リンゴっ！」

ノラは必死で手を伸《の》ばす。まにあわない。とがった木々が、みるみるリンゴにせまってくる――

がさりと、リンゴの真下で枝が揺《ゆ》れた。高い枝を蹴《け》って飛びだしてきたタタンが、落ちてくるリンゴをうけとめた。長いしっぽでバランスをとり、タタンはリンゴをかかえて、木のてっぺんの高さからみごとに着地した。

ソンガがほとんど落下するように、タタンのそばへおり立ち、ひづめが土にふれるなり、走った。ノラはふり落とされないよう、手綱《たづな》を短くにぎってソンガの上へ身をふせる。リンゴをかかえたまま、タタンは先に駆《か》けだしていた。着地の拍子《ひょうし》にふり落とした三匹《びき》といっしょになって、小鬼《こおに》たちはまだ追ってくる。

「なんなんだ、こいつら！」

しつこく追ってくる小鬼《こおに》たちを、タタンがにらんだ。

「知るか。こっちがなにもしないのに、まとわりついてくる」

どなりかえすソンガの背中《せなか》から、ノラはリンゴが無事かをたしかめた。おどろきで目をまんまるにしてかたまっているが、どこにもけがはなさそうだった。

「おい、おまえ、魔女《まじょ》なんだろ。なんとかしろよ」

リンゴを肩《かた》にかつぎあげながら、タタンがノラにかみついた。

「う、うるさいな！　あたしは――」

「だまってろ、舌を噛《か》むぞ」

ソンガがぴしゃりとしかる。

悪いことに、のぼり坂は急になっていった。小鬼《こおに》たちは足の多さのせいか、身の軽さのせいか、変わらないはやさでついてくる。ソンガはどかっと大きく地面を蹴《け》り、最後の距離《きょり》を飛んだ。

とつぜんに木立《こだち》がとぎれ、視界《しかい》が開ける。頂上《ちょうじょう》だ。目の前に現れたのは、西日をあびた古い塔《とう》……地図をたよりにめざしていた、月見の塔《とう》にちがいなかった。

「あそこに逃《に》げよう！」

塔《とう》の入り口らしい扉《とびら》を、ノラは指さす。

「あんなとこじゃ、袋《ふくろ》のネズミだぞ」

眉《まゆ》をつりあげるタタンに、ノラは大いそぎでこたえた。

「祈《いの》りの場所だって、ウラナさんが言ってたもん。そういうところへは、小鬼《こおに》は入ってこられないはずだよ」

それに、あそこが目的地なのだ。あの塔《とう》に、今度こそ、〈黄金《おうごん》の心臓《しんぞう》〉が、その手がかりがあるかもしれない。

「ほんとうだろうな？」

ノラはうなずく。人間の祈《いの》りの場所へは、妖精《ようせい》や小鬼《こおに》は入ってこないと、北の塔《とう》で読んだ古い本のどこかに書かれていた——たしかにそのはずだ。けれど、まちがっていたら？　ノラの記憶《きおく》ちがいだったら？　しかしいまは、ほんの一時でもいい、あの小鬼《こおに》たちを引きはなさなくては。

塔《とう》の外壁《がいへき》にはツタがからみついていた。蝶番《ちょうつがい》のさびついた扉《とびら》に、タタンとノラが飛びつき、夢中《むちゅう》で引っぱった。扉《とびら》はこわれかかっており、苦しげにきしんでノラとタタンを威嚇《いかく》した。地面におろされたリンゴが、はっとふりかえる。

いまにも追いつこうとする小鬼《こおに》たちに、ソンガがツノをむけた。前足を大きく蹴《け》りあげ、ノラたちに襲《おそ》いかかってくる前に、相手を蹴《け》ちらしに行った。

小鬼《こおに》たちが、すばやくソンガに群《むら》がる。ソンガはツノでちっぽけな相手を吹《ふ》き飛ばし、飛びかかってくるものをひづめではねのけた。体の軽い小鬼《こおに》はいきおいよく飛んでゆき、もどってこない。それでもひるまずむかってくる残りの相手を、ソンガだけでやっつけるのは無理だった。

ノラとタタンは顔をまっ赤にしながら力をこめ、そこへリンゴもくわわった。ごとりと、重い音を立ててわずかに動くと、扉《とびら》はまるではじけるようにこちらへむかって開いた。ノラは、まっ先にリンゴをなかへ押《お》しこむ。

「ソンガ、はやく!」

小鬼《こおに》の群《む》れをふりはらってソンガが塔《とう》へ駆《か》けこむと、ノラとタタンもなかへすべりこみ、大いそぎで扉《とびら》を閉《し》めた。外から扉《とびら》を引っかいたり、ぶつかったりする音が、しばらく聞こえていたが、やがてしんと静かになった。

暗い塔《とう》のなかに、ノラたちの荒《あら》い息の音だけが響《ひび》いた。

「た……たすかった」

ノラは扉《とびら》に背中《せなか》をあて、その場にへたりこみそうになった。それでもどうにか足に力をこめて、床《ゆか》に座《すわ》りこんでいるリンゴに駆《か》けよると、両手で肩《かた》をつかんで顔をのぞきこんだ。

「リンゴ、大丈夫《だいじょうぶ》？　けがしなかった？」

暗さに、ノラの目はすぐ慣《な》れはじめた。タタンの猫《ねこ》の目も、もう見えているにちがいない。リンゴは、おどろきのためか、きょとんとした顔のままでうなずいた。顔にも手足にも、けがは見あたらない。外はすっかり静かになり、どうやらあの小《こ》鬼《おに》たちは、行ってしまったようだった。

ほっとして、胸《むね》につまっていた息を吐《は》きだし……とちゅうでノラは、その息をぴたりと止めた。リンゴのうしろに、もうひとつの顔が浮《う》かびあがっている。ノラは、タタンがリンゴのうしろへまわったのかと思った。子どもの顔をしているのは、ノラとリンゴ以外に、タタンしかいないからだ。

けれどもその顔には、猫《ねこ》のひげは生えていなかった。耳も三角ではなくて、髪《かみ》は黒く、どろどろと長かった。

相手の目とノラの視線《しせん》が、まともにかちあった。

「キャーッ！」

ノラののどから、けたたましい悲鳴が飛びだした。

外が一瞬《いっしゅん》光って、塔のなかが、明るい灰色《はいいろ》に染《そ》まった。その光のなかで、まっすぐこちらを見つめる女の子の顔が浮《う》かびあがる。

2　一人ぼっちの幽霊《ゆうれい》

「めずらしいな、ここにお客だなんて」

リンゴのうしろで、女の子がにこやかに頭をかたむけた。声は明るく、この殺風《さっぷう》景《けい》な塔《とう》に、まるで似《に》つかわしくない。

妖精《ようせい》の火の玉が、ぱっとおどりでて強く光る。アザミ色の光の下に、ノラたちと、知らない女の子のすがたが浮《う》かびあがった。

ノラよりも、いくらか年上に見える。くっきりとした目と、髪《かみ》に飾《かざ》りつけたたくさんの白い花が印象的《いんしょうてき》だった。身につけているのは飾《かざ》り気《け》のない白のワンピース一枚《まい》きりで、足ははだしだ。……女の子の気配は、ノラたちとも人間たちともちがっていた。こんなに明るい表情をしているのに、生きている者の気配ではなかった。

「ゆ……幽霊《ゆうれい》？」

ノラの問いかけはかぼそく、幽霊《ゆうれい》の声のようになってしまった。

女の子がにこりと笑《え》みを浮《う》かべたまま、うなずく。花飾《はなかざ》りが揺《ゆ》れ、長い髪《かみ》の毛がぞわりとうごめいた。

「幽霊《ゆうれい》だよ。あんたたち、大あわてで駆《か》けこんできて、どうしたの？」

女の子は、興味《きょうみ》しんしんの顔を、ノラたちに順番にむけた。タタンが警戒《けいかい》したようすでひげをそよがせるのを、ノラは視界《しかい》のはしにとらえた。

（だけど、こわそうな感じはしない。この塔《とう》を守ってるのかもしれない……）

ノラは幽霊《ゆうれい》をよくよく観察して、ふとあることに気づいた。たくさんの花で飾《かざ》った、黒くて長い髪《かみ》。それは、ズー姉さんのようにまっすぐでもなく、ラウラ姉さんのようにやわらかでもない。もちろんのこと、ココ姉さんやリンゴのように、明るい色もしていない。好きほうだいに四方八方へうねる髪《かみ》は、ごわごわと、いかにもかたそうだった。ちょうど、ノラの髪《かみ》と同じに。

「あれっ？　その髪《かみ》の毛。あんた、もしかして、村の子？」

幽霊《ゆうれい》が、ノラを指さした。ノラは、なんのことかと目をまるくする。

「ち、ちがうよ。あたしは、探《さが》してるものがあって……」

「なあんだ、いばらの髪《かみ》をしてるから、てっきり村の子かと思った。ヤギもつれてるし。村から来たんじゃないんだね。それなら、いいんだ」

幽霊《ゆうれい》は気をとりなおすように頬《ほお》をふくらませ、腕組《うでぐ》みをした。

「で、探《さが》してるものって？　ここには、あたしの骨《ほね》のかけらくらいしかないけど」

冗談《じょうだん》めかして言い、幽霊《ゆうれい》は、ノラたちのまわりを歩きまわった。めずらしそうに、一人ひとりを観察してゆく。足どりは、まるでおどっているかのようだった。

「おや。あんたのヤギ、けがをしてるよ。見てやらないと」

幽霊《ゆうれい》が、ぱっとソンガのうしろ足のそばへしゃがみこんだ。ノラはあわてて、そのそばへ駆《か》けよる。言われるまで、まったく気がつかなかった。小鬼《こおに》たちにやられたのか、ソンガのうしろ足に血がにじんでいる。

「たいへん、ソンガ、すぐ手当てしないと……」

「平気だ。それより、ノラ、さっきまた、なにかやらかしたんじゃないのか？」

ソンガがため息をつく。たしかにさっき、ノラがおどろいたとたん、外が光った。

「そ、そうかもしれないけど……雷《かみなり》だったかもしれないし……」

「あれえっ！　屋上がとんでもないことになってる！」

頭上から、幽霊《ゆうれい》の声がした。いつのまにからせん階段《かいだん》の上まで移動したらしい。

「なにをやらかしたのか、見てこいよ。ついでにあの幽霊《ゆうれい》に、〈黄金《おうごん》の心臓《しんぞう》〉について知っていることを聞いてくるんだ」

ソンガがかぶりをふったが、ノラはうなずくことができなかった。

「だって、だって、ソンガの足、ほうっておけないもん」

うしろで小さく舌打《したう》ちをしたのは、タタンだった。

「あの雨の都にいた人間から、薬やらなにやら、わたされたんじゃなかったのか?」

そうだ。ウラナさんが、ノラたちのために持たせてくれた荷物のなかに、傷薬《きずぐすり》もあった。あれで手当てをできる——かばんに手を入れて、ノラは顔がまっ青になってゆくのを感じた。

「……ない」

かばんにつっこんだ手を、ノラはでたらめにさまよわせた。入れておいたはずの薬《くすり》ビンや保存用《ほぞんよう》の食べ物が、ない。手にふれるのは、布地とちびた鉛筆《えんぴつ》だけで、あんなにいっぱいにつめこんであった荷物が、ほとんど消えていた。

「落としちゃったみたい！　さっき、クモみたいな小鬼《こおに》に襲《おそ》われたときに——どうしよう！」

「落ちつけよ、ノラ。こんなのは、ほうっておけばなおる」

ソンガが言うが、ノラは左右の三つ編《あ》みを引っつかみ、その場でぐるぐると歩きまわった。めちゃくちゃに揺《ゆ》れる鈴《すず》の音が、ますます頭を混乱《こんらん》させる。と、ノラの肩《かた》に、ぽんと手がふれた。リンゴだった。

「とってくるよ、お薬。ノラは、ソンガといっしょにいてあげて」

ほんのりと頬笑《ほおえ》んで、そう言う。ノラは噛《か》みつくように、リンゴに顔を寄せた。

「だめだよ！　暗くなってくるし、外にはあの小鬼《こおに》たちがいるのに」

「もういないよ。ノラがここに入ったら、こわれちゃったじゃない」

まばたきをしながら、リンゴが言った。こわれた？　なんのことだろう？　ノラが問いかえすより先に、タタンが扉《とびら》を開けて外をたしかめていた。

「ほんとにこわれてるな。——なんだ、がらくたをつなぎあわせて、だれかが動かしてたのか」

タタンのうしろから外をのぞくと、塔《とう》の扉《とびら》の前に、小枝や木の実や石ころが、ばらばらに散《ち》らばって落ちていた。十匹《ぴき》いた小鬼《こおに》たちの体の数と、ちょうどあうようだった。森の生き物でなかったなら、なるほど、妖精《ようせい》の火の玉に反応しないはずだ。

……けれども、いったいだれが、こんなことをしたのだろう？

「ね？　もういないよ。大丈夫《だいじょうぶ》だよ」

「だけど、リンゴ……だれかが、またけしかけるかもしれないいじゃない」

「だって、足が痛《いた》いと、ソンガは飛べないよ」

リンゴの声が、わずかに高くなった。ノラはぎくりとして、くちびるを噛《か》んだ。

リンゴの言うとおり、ソンガのけがをこのままにはしておけない。

「でも、リンゴが行くのは危険《きけん》だよ。あたしが行ってくる」

フン、とタタンが鼻を鳴らした。

「おまえは、あの幽霊《ゆうれい》に聞くことがあるんだろ。おれが行ってきてやるから、さっさと心臓《しんぞう》のありかを聞けよ」

タタンはそう言って、扉《とびら》の前から拾いあげたまがった枝を一本、顔の横でくるりとまわした。

「これ、なんかの魔《ま》法《ほう》だろ？　ついてくるなら、こいつのほうが役に立ちそうだ。おまえよりこいつのほうが、魔《ま》法《ほう》のこと、くわしいんじゃないのか」

タタンは、親指でリンゴをさししめす。とたんに、どっと胸《むね》のなかから涙《なみだ》があふれそうになって、ノラは息を止めてこらえなければならなかった。

「……〝おまえ〟とか〝こいつ〟とか、ややこしいよ！　あたしはノラで、この子はリンゴって名前があるの！」

顔をまっ赤にして怒《おこ》るノラにあっさりと背《せ》をむけて、タタンは塔《とう》から出ていってしまった。リンゴも、いそいでそのあとを追う。

「ちゃんとタタンを手伝ってくるからね！」

元気に手をふるリンゴに、ノラはなにも声をかけることができなかった。かわりにソンガのそばへもどると、耳のうしろをなでた。

「……ごめんね、ソンガ」

弱々しいノラの声に、ソンガはうんざりしたようすで耳をふり、ひざをついてその場に座《すわ》りこんだ。

（ラウラ姉さんに知れたら、怒《おこ》られちゃう……）

二番めのラウラ姉さんは、自分の妹たちよりも、四本足の生き物や翼《つばさ》のある生き物をだいじにあつかった。

——この子たちは、おもちゃじゃないんだからね。あんたが自分のヤギを持つようになったら、自分のことよりも、自分を乗せる動物のことを先に考えなきゃならないんだよ。

まだ自分のヤギを持っていなかったノラに、ラウラはとてもこわい顔で、そう言って聞かせた。ノラはその言葉を、おぼえていられなかったことになる。まっ先に、ソンガの心配をしてやらなくてはならなかったのに。

「いいから、さっさと屋上を見てこいよ。リンゴとタタンなら、まあ心配はいらないだろ。ここで〈黄金《おうごん》の心臓《しんぞう》〉探《さが》しは、おわるかもしれないんだぞ」

らせん階段《かいだん》をたどり、屋上へ出ると、ノラは雪が降《ふ》ったのかと錯覚《さっかく》した。雪のなかに、幽霊《ゆうれい》がたたずんでいる。……けれども幽霊《ゆうれい》の足もとを埋《う》めつくしているそれは、雪ではなく、花だった。

塔《とう》の屋上に、白と銀色の花があふれんばかりに咲《さ》いていて、幽霊《ゆうれい》はその光景にとけこみながら、そろりそろりと屋上を歩いてみている。

どうやら、ノラの心臓《しんぞう》は、この花を咲《さ》かせただけみたいだ。かけてしまった魔法《まほう》の結果に胸《むね》をなでおろしながら、ノラは幽霊《ゆうれい》のそばへ近づいていった。幽霊《ゆうれい》の足とちがって、ノラがふめば、花は簡単《かんたん》に折れてしまう。ふまないように注意しながら進みでると、花の咲《さ》く中心に、なにやらぼうと光るものがある。それは、屋上の床《ゆか》にはめこまれた、まんまるな鏡だった。満月のような鏡が、ほのかであやしい光をたたえ、そのまわりを白銀《しろがね》の花がふちどっている。

「すごいや、この花、ずっと咲《さ》かなかったのに。これって、魔法《まほう》だよね?」
幽霊《ゆうれい》がうっとりと鏡を見おろす。のぞきこむと、ノラの顔だけが映り、幽霊《ゆうれい》のすがたはなかった。いくらおどりまわっても、幽霊《ゆうれい》の足が花を蹴《け》ちらしてしまうこともない。

「あんた、もしかして、魔女《まじょ》なの？」

相手の問いかけには、なんの敵意《てきい》もこもっていなかった。ノラはおずおずと、うなずいた。

「……そうだよ。あたしはノラっていって、空の上の棲み家《すみか》から来たの。あたしは心臓《しんぞう》がみんなとちがうみたいで、びっくりしたときにしか、魔法《まほう》が使えないんだ。さっき、あんたの顔を見ておどろいたときに、この塔《とう》に魔法《まほう》がかかっちゃったみたい……」

きょとんと目をまるくしたあと、幽霊《ゆうれい》ははじけるように笑いだした。

「へんなの。そんなへんてこな魔女《まじょ》、はじめて見た」

ノラは恥《は》ずかしさに顔をゆがめながら、聞かなくてはならないことをきりだした。

「それでね、あたし、ほかの魔女《まじょ》と同じになりたいの。地面の上のどこかに、〈黄金《おうごん》の心臓《しんぞう》〉っていうのがあるはずなんだ。その心臓《しんぞう》を胸《むね》に入れたら、あたし、ちゃんとした魔女《まじょ》になれるんだ」

幽霊《ゆうれい》が、肩《かた》にかかる髪《かみ》をうしろへはらった。ノラとそっくりなごわごわの髪《かみ》なのに、なんと生き生きと動くのだろう！

「そうか、ほしいものがあるんだ。いいなあ、生きてるって」

幽霊《ゆうれい》がくすぐったそうに、頬《ほお》をかがやかせる。

「この月見の塔《とう》に、昔、魔女《まじょ》が呼《よ》びよせた大きな力についての言い伝えがあるって……友達が、調べてくれたの。ここへ来たら、なにかがわかるかもしれないと思って。せめて、手がかりだけだとしても。なにか、知ってることはない？」

幽霊《ゆうれい》のまわりに咲《さ》く白銀《しろがね》の花は、神炉《じんろ》のなかで見たあの花々とかさなって見えた。この花たちは、いったいなんという名で、なにを飾《かざ》るのに使われていたのだろうか。

「そうだねえ——今夜、ここへたずねてくる人なら、なにか知ってるかもしれないけど」

幽霊《ゆうれい》はあごに手をそえ、お芝居《しばい》がかったしぐさで、首をかしげた。

「ほ、ほんとう？」

ノラは身を乗りだしすぎて、幽霊《ゆうれい》の髪《かみ》に鼻先をつっこんでしまった。味気ない空気の感触《かんしょく》が、ノラの鼻をかすめた。

「今夜たずねてくる、って……だれなの、それ？」

ひょっとしてこの幽霊《ゆうれい》も、ホゥカのように、だれかのことを待っているのではないだろうか？　死んだあともだれかを待ちつづけて、一人ぼっちでいたのではないか。

よく動く黒目をきょろきょろさせて考えをめぐらせていた幽霊《ゆうれい》は、にやりと笑って、ノラに視線《しせん》をもどした。

「あたしの友達が、今夜、ここへ来るはずなんだ。あの子なら、あんたの知りたいことを教えてあげられるんじゃないかな。今夜ここで、とてもだいじなことがとりおこなわれるから。ほんとうにだいじな儀式《ぎしき》で、あたしは、それを見守らなきゃならないんだ。……夜になって、儀式《ぎしき》がおわるまで待っててくれない？　そうしたら、あんたの知りたいことを教えてもらえるよう、たのんであげる」

幽霊《ゆうれい》はうしろで手を組み、その場でくるりとまわると、ノラにむかって右手をさしだした。

「あたし、キサラ。これは生きてたころの名前で、幽霊《ゆうれい》になっちゃうとあんまり関係ないんだけど、呼《よ》び名がないと不便でしょ？　よろしくね、ノラ」

人なつっこく、幽霊《ゆうれい》のキサラが笑う。ノラはさしだされた手をにぎったが、そこにはやはり、からっぽしかなく、目の前にいる相手にふれることはできなかった。

3　罠《わな》

（ノラは、もっとごはんを食べなくちゃ。まだけががちゃんとなおってないんだって、食べ物をくれた人が言ってたもの）

リンゴは藪《やぶ》や草のかげに視線《しせん》を走らせながら、来た道をくだって、落とした荷物を探《さが》しまわった。日がすっかりかたむき、木々の生む影《かげ》は色を濃《こ》くしてゆく。

「おまえも魔女《まじょ》なのか？」

うしろをぶらぶらと歩きながら、タタンがたずねた。

「ちがうよ。神炉《じんろ》のお皿にのるために生まれたの。タタンもそう？」

するとタタンは、舌打《したう》ちとあかんべえのあいだのような、奇妙《きみょう》な音をもらした。

「いけにえだろ、おまえは。ぜんぜんちがう。おれは、神炉《じんろ》が暴《あば》れてめちゃくちゃにしたあとの土地でも生きのびられる、特別製だ」

いばって言うけれど、やっぱり同じだ、とリンゴは思った。リンゴもタタンも、神炉《じんろ》のために生まれた子どもなのだ。

「心臓《しんぞう》だかなんだか、いつまで探《さが》す気でいるんだ？　そんなに値打ちのあるものなら、どろぼう暮《ぐ》らしをしてたら、耳にはさみそうなもんだけどな。そんな話、一度も聞いたことがないぞ」

リンゴは道ばたにかがみこんで、草のなかへ手をつっこんだ。あった。雨鳥《あまどり》の都の人がくれた、かた焼きパンの包《つつ》みだ――引っぱりだしてみると、中身が消え、包《つつ》み紙だけになっていた。動物に食べられてしまったみたいだ。さもなければ、妖精《ようせい》のたぐいかもしれない。

ここに落ちていたということは、近くに薬もあるかもしれない。気をとりなおして、リンゴは手とひざをついて姿勢《しせい》を低くし、もっと荷物が落ちていないか目をこらした。

小鬼《こおに》たちの気配は、完全に消えていた。塔《とう》の外でばらばらになっていた、あれがぜんぶだったようだ。もういないなら、小鬼《こおに》に警戒《けいかい》せずにじっくり探《さが》し物ができる。

探《さが》しながらリンゴは、タタンの質問に返事をするのを忘《わす》れていたと気がついた。

「神炉《じんろ》に食べられるところだったけど、ノラがたすけちゃったんだよ。だから、ノラといっしょに行くの。探《さが》し物を見つけるの」

「ん？」

リンゴの言ったことの意味がわからなかったのか、タタンが口をまげた。

「たすけた？　あいつ、魔法《まほう》がちゃんと使えないんだろ。だから心臓《しんぞう》を探《さが》してるんじゃなかったのか？」

「ノラは、すごいんだよ。ほんとうは魔法《まほう》が、とってもとっても大きいの」

リンゴは体を起こして、両の手をめいっぱいにひろげてみせた。

ふうん、といいかげんなあいづちを打って、一瞬《いっしゅん》でリンゴから目をそらし、タタンはするすると、そばの木へのぼった。見あげると、枝の上から、きょろきょろと周囲《しゅうい》を見まわしている。高いところから探《さが》してくれるつもりらしい。ノラがもらったかばんの中身がどんなふうだったか、リンゴはすっかりくわしく見たというわけではない。だから、山のぼりの小道のまわりを、木や草や石でないものを目じるしに探《さが》すよりなかった。

紙箱の薬、キャンディの缶《かん》、小さなジャムのビン。燻製肉《くんせいにく》の包《つつ》みだったものは、やはりなにかに噛《か》みちぎられて切れはしだけになっている。

赤いワンピースのすそを持ちあげてかごがわりにし、リンゴは落ちたものを拾っていった。これでぜんぶだろうか？　まだべつの場所にも、落ちているかもしれない。……落とし物を拾い集めるうち、いつのまにかリンゴは小道からはなれて、崖《がけ》のそばまで来ていた。タタンは枝から枝へ移動しながら、あたりに注意をはらっている。

崖《がけ》のはるか下には二本の川が荒《あ》れ地をはさんで流れていて、そのむこう、こちら側よりずっと低い崖《がけ》を背《せ》にして、小さな家々が肩《かた》を寄せあっている。どこかの家にともっている火のにおいが、リンゴの鼻にとどいた。だれかが、食べるものを作っているのだ。

空はこっくりと深い藍色《あいいろ》に暮《く》れ、細い煙《けむり》が遠くへの手紙みたいに立ちのぼる。そのときふと、崖《がけ》のへりすれすれのところに、もうひとつの荷物が転がっているのを見つけた。

ひらたくまるいビン。ノラがひたいの傷《きず》に塗《ぬ》っていた薬。あれだ。あの薬を使えば、きっとソンガのけがもすぐによくなる。

片手《かたて》でワンピースのすそを持ったまま、リンゴは崖《がけ》のへりに近づき、慎重《しんちょう》に手を伸《の》ばした。

「おい、もどれ！」

木の上から、だしぬけにタタンがさけんだ。びくりとして、リンゴは指をすべらせてしまう。

傷薬《きずぐすり》のビンが地面ではね、崖《がけ》の下に落ちていった。逆にリンゴの体は浮《う》きあがった。リンゴの胴《どう》に、黒くて太いものが巻《ま》きついている。それが体を地面から引きはなし、高々と宙《ちゅう》に持ちあげている。

ぐるりと空が回転して、集落の背後《はいご》の崖《がけ》のはしから、月が顔を出すのが見えた。ワンピースの布から手をはなしてしまい、せっかく集めた荷物がばらばらとこぼれてゆく。

タタンがつめをむきだし、なにかへ飛びかかってゆく。大きなまっ黒なかたまり──そこから伸《の》びる腕《うで》の一本が、リンゴをとらえているらしい。せめてひとつでも荷物を拾おうと腕《うで》を伸《の》ばしたが、とても地面へはとどかない。タタンがすぐ目の前まで近づいたと思うと、すごい力でうしろへ引きずられた。リンゴよりも高く持ちあげられ、灰色《はいいろ》の体が、ばしん、と木の幹《みき》にぶつかる音がする。

それっきりだった。

まっ暗闇《くらやみ》に、リンゴはいた。息が苦しくてせきこむと、口にねばねばとしたものがからみついて、ますます息ができなくなった。

「しっ」

すぐそばで、口の前に指を立てたのは、タタンだ。

「動くな。静かにしてろ」

リンゴはぱちぱちと、まばたきをくりかえした。なにも見えなかったのは目を閉《と》じていたからで、暗くはあってもまわりを見ることはできる。太陽はまだ完全に落ちていないらしい。ということは、崖《がけ》の上でつかまってから、そんなに時間はたっていないのだ。

動くなと言われなくても、身動きをとることができなかった。なにかが体じゅうに、ぐるぐるに巻《ま》きついている。胸《むね》や胴《どう》がしめつけられて、それで息がしにくいのだった。おまけに、上下がさかさまだ。リンゴとタタンをぐるぐる巻《ま》きにしているのと同じ、細い糸が、縦《たて》にも横にもめぐらされ、その網《あみ》にさかさまにとらわれている。

クモの巣《す》だった。巨大《きょだい》なクモの巣《す》に、リンゴたちはつかまっているらしい。

ぎちぎち、と音がした。目だけを音のしたほうへむけると、ずっと上のほうに、大きな生き物がいるのがちらりと見えた。黒い足が何本も、糸の上で動いている。ふしのある足にも、はちきれそうなまるみのある腹《はら》にも、黒くてかたそうな短い毛がならんで生えている。この巣《す》を張ったクモにちがいなかった。

これから、あのクモはリンゴたちを食べるつもりだろうか？　もしそうなったら、だれがノラとソンガに薬や食べ物をとどけるのだろう。拾い集めた落とし物を、ほんとうにみんななくしてしまったのか、たしかめようとしたけれど、手がひどくしびれていてわからなかった。

「……いま切ってやるから、じっとしてろ。あのクモ、かなりの老《お》いぼれみたいだ。すぐには動こうとしない」

タタンがささやき、片方《かたほう》だけ自由になっている腕《うで》をこちらへ伸《の》ばしてきた。指の先のつめをむきだして、リンゴに巻《ま》きつく糸に引っかける。無理やり糸からもがきでたのか、服のそでが破れてしまっていた。

「けがしたの？」

リンゴは、声をひそめて問いかけた。タタンの肩《かた》は、灰色《はいいろ》の毛がぬけ、皮膚《ひふ》がでこぼこと波打っていた。いまできたけがではなさそうだが、けがにはちがいない。

タタンは短く首を横にふったきりで、なにもこたえてはくれなかった。

ふと、リンゴの目が地面のほうへ吸《す》いよせられた。木々の下が、急に明るくなったのだ。――火だった。松明《たいまつ》をかかげた者たちが、むこうの木《こ》の間《ま》を一列になって歩いている。すぐそこにいる大グモには見むきもしないで、どこかへむかってゆく。

いったい、あの人たちはだれだろう？　張りつめた空気をはなちながら進んでゆく松明《たいまつ》の一団は、汚《よご》れた野良着《のらぎ》や、パンのねり粉《こ》のついた服を着ている。かかげている松明《たいまつ》が、その人たちがいつも使っている道具だとは思えなかった。

ぎし、と、クモの巣《す》全体が揺《ゆ》れた。クモが体のむきを変えたのだ。

タタンは顔じゅうに汗《あせ》を浮《う》かべながら、リンゴの肩《かた》をいましめる糸を引き切った。ずるりと、リンゴの体が下へずれる。

「人間たちだ。たぶん、川むこうの村から来たんだろう。塔《とう》のほうにむかってった。走っていって、あいつらに教えろ。いいか、ぜったいに見つかるなよ」

鋭《するど》いつめを糸の束《たば》にかけ、タタンは力いっぱい引っぱった。糸の力が一気にゆるみ、あっと思ったときには、リンゴはまっさかさまに落ちていた。

体が何度か枝にぶつかって、木の葉が舞《ま》った。地面は思ったよりも近くにあり、どこかをぶつけた痛《いた》みで、勝手に涙《なみだ》が出た。それでもすぐさま立ちあがったのは、頭上で大きなものが動く気配を、はっきりと感じたからだった。――クモだ。

「走れっ！」

タタンが低くさけんだ。その声にはじかれて、リンゴは駆《か》けだした。よろめく足で、夢中《むちゅう》で走った。

巣《す》から落ちたときにあちこちをすりむいて、血が出ていた。人間たちには、タタンの言うとおり、見つからないほうがいいと思った。衣服こそちがうけれど、リンゴを神炉《じんろ》の皿にのせるために育てた人間たちと、松明《たいまつ》の一団はどこか同じ空気をまとっていた。

体がしびれて、うまく走れない。クモが、なにかを体のなかに入れたせいだ。リンゴは、すりむいた傷口《きずぐち》に力をこめた。血といっしょに、体をしびれさせる悪いものを、外へ追いだした。

こわさではちきれそうになりながら、人間たちの通り道をさけ、とにかく坂の上、塔《とう》がある方角をめざした。息ができているかもわからずに、走って走って——リンゴは、はたと立ち止まった。

（タタンはどうなっちゃうんだろう？）

なぜ、すぐにそれを考えなかったのだろう！　体じゅうをふるえがつらぬき、リンゴはくるりとむきを変えると、来た道を引きかえしはじめた。ノラたちのところへもどるなら、二人いっしょでないとだめだ。せっかくリンゴが神炉《じんろ》の皿からたすけられたというのに、タタンがクモに食べられてしまうなんて、そんなことはぜったいにだめだ。

空にいつのまにか、赤い雲が流れこんできた。煤色《すすいろ》の暗い空に、リンゴの傷《きず》から流れる血と同じ色の雲がじわじわとにじんでゆく。夜が来る。あの幽霊《ゆうれい》は、ちゃんとノラに〈黄金《おうごん》の心臓《しんぞう》〉のことを教えてくれるだろうか？

（ノラが、ノラががっかりして悲しむのは、もうやだ）

痛《いた》みとこわさがいくらでも涙《なみだ》を呼《よ》び起こし、リンゴはほとんど前が見えなくなっていた。だから、前方になにかが現れたとき、すぐに止まることができなかった。

どすん、と思いきりぶつかり、リンゴは吹《ふ》き飛ばされてしりもちをついた。むこうも同じにしりもちをつき、あわててめがねをなおしている。

「いたたたた……おや？　きみは、あのときの」

泣いているリンゴに、相手は、ぎょろりと大きな目を白黒させた。

4
橋

クモは、巣《す》から逃《に》げたリンゴを追いかけようとはしなかった。自分たちをつかまえたこいつは、あまり賢《かしこ》い生き物ではないのかもしれない。おかげでリンゴに逃《に》げるすきができたが、そんな生き物にこうしてまんまとつかまっているのかと思うと、タタンは腹《はら》が立ってしょうがなかった。

おまけに、あの人間たち。なにをするつもりかは知らないが、ろくでもないことが起こりそうだということは、猫《ねこ》の勘《かん》を使うまでもなく明らかだった。

「ほらここだ、ちゃんと見えてるか？」

いくらのろまなクモだと言っても、気まぐれにリンゴを追いはじめるかもしれない。タタンは注意を自分に引きつけるために、声を張りあげた。

「……エサにするんだろ。食って腹《はら》をこわしても、知らないけどな」

片方《かたほう》だけ自由になった手の先のつめは、もう引っこめてしまっていた。毒《どく》だ。咬《か》みついたときに、クモはこちらの体に毒《どく》をそそいでおいたらしい。毒《どく》さえなければ、巻《ま》きついた糸を切って逃《に》げられたのだが、リンゴを逃《に》がすだけで精いっぱいだった。リンゴにもこの毒《どく》がそそがれたにちがいない。ノラたちのところまで、走りきれるのか。

ぎちぎち、クモがこちらへ糸の上をわたってくる。太い足が伸《の》びてきて、タタンの腹《はら》をふみつける。息がふさがり、頭のなかが暗くなった。左右に開いた巨大《きょだい》な虫の口が近づく。

（あーあ。神炉《じんろ》がこわした土地でも生きられるようにって作られたのに、こんなクモに食われておわりか。くそっ）

クモの口のなかも、闇夜《やみよ》のように暗く、タタンはそのまっ暗闇《くらやみ》に、いやな思い出が浮《う》かびあがるのを見ていた。

……どれくらい前のことなのか、もうおぼえていない。

タタンは古ぼけた橋の下に横たわり、動けなくなっていた。タタンの背丈《せたけ》が、いまの半分ほどしかなかったころだ。

まだどろぼうが下手で、しくじったタタンは、人間につかまってしまった。つかまえた人間は、タタンを見るなり「化《ば》け物だ」と顔をしかめて、タタンの背中《せなか》に油をかけ、火をつけてここへ捨《す》てたのだった。のたうちまわるうちに火はどうにか消えたものの、ひどいやけどをおって、それ以上動くことができなかった。タタンに火をつけた人間は、わざわざ近づいてとどめを刺《さ》す必要もないと思ったのか、いつのまにかいなくなっていた。

実際、このままではたすかりようがなかった。動けなくては、食べるものも手に入れることができない。このまま弱って死んでゆくのだと、いくら小さくてもわかった。

閉《と》じこめられていた施設《しせつ》からやっと脱走《だっそう》したのに、こんなところで死ぬのかと思うと、おそろしいよりも、おかしかった。

神炉《じんろ》が暴《あば》れたあとの土地でも生きられるように。巨人《きょじん》に破壊《はかい》されたがれきの上を自由に駆《か》けまわり、明かりの消えた夜にも働《はたら》くことができるように……そのために作られたのに、神炉《じんろ》から生まれた火ではない、マッチをすってできたただの火でこうして死にかけている。まったく、ばかみたいだった。

ついでに、死にかけているのに腹《はら》がすくのも、ばかみたいだと思った。

どれくらい時間がたったのだろう。

「ニャオ」

声がして重いまぶたをあげると、一匹《ぴき》の猫《ねこ》が、橋の下に立っていた。とらえてきたらしいコウモリの死骸《しがい》を、タタンの頭のそばに置いている。焦《こ》げ茶色のまだら模《も》様《よう》の猫《ねこ》は、ゆっくりとしっぽを揺《ゆ》らしながら、じっとタタンを観察していた。

力をふりしぼって手を伸《の》ばし、タタンはそのコウモリを、ばりばりと食べた。べつに、おいしくはなかった。死骸《しがい》はもうひえていて、肉を噛《か》み砕《くだ》くのもひと苦労だった。それでも涙《なみだ》を流して獲物《えもの》をむさぼるタタンを、猫《ねこ》はその場を動かずに見守り、やがてどこかへ行った。つぎにもどったときには、ネズミを持ってきた。小さな生き物の死骸《しがい》を食べてもやけどはなおらず、動くことはできなかったが、タタンはそうして命をつないだ。

幾日《いくにち》たったのか数えていなかったが、やがてある日、猫《ねこ》ではない二本足のだれか

が、橋の下へやってきた。人間だ。また火をつけられるのだと思った。

しかし、相手はタタンに、油をかけようとはしなかった。

「こりゃあ、たまげたな」

そう言うと、その人間はタタンをかつぎあげた。やけどの痛《いた》みと弱った手足では、暴《あば》れることすらできなかった。まだら模様《もよう》の猫《ねこ》になにも伝えていないのに、と思いながら、タタンは人間に運ばれていった。

「おまえ、まともな人間じゃないなあ。いったいどこで生まれたガキなんだ？　まあ、世間さまと同じだろうが、ちがってようが、だれだって生きてかないとな」

ぼろ家へつれてきたタタンを、不思議《ふしぎ》なことに、男はまったく気味悪がらなかった。

手当てをされ、あたたかい食べ物をあたえられて、タタンはすこしずつ、回復《かいふく》していった。ぼろ家には、タタンを拾った人間が一人で住んでいるだけだった。

「家族はみんな死んだよ」

こちらがなにも聞きはしないのに、男は静かにそう言った。

「神炉《じんろ》にふみつぶされちまったんだ。ばかでかい体をしてるのに、やつら、目が見えないんで、なんでもふみつぶしちまうんだな。もともと地面の底に住んでたから、目なんていらなかったのかもな。体のなかには、ものすごくまぶしい火を持ってるって話だがなあ」

男は新しい橋を架《か》ける仕事をしていて、この家は、仕事が完成するまでの仮住まいなのだと説明した。仕事から帰るたび、タタンに食事をさせながら、男はいろんな話をした。

「山むこうの魔女《まじょ》の土地だったとこに、今度、新しく神炉《じんろ》をつれてくるのさ。魔《ま》女《じょ》って知ってるか？　自分たちにしか使えない術《じゅつ》でもって、ずーっと世のなかで大きな顔をしてた連中さ。人間は、だれ一人、魔女《まじょ》に頭があがらなかったんだ。夜に消えない火をともすのも、川の氾濫《はんらん》をせき止めるのも、病気の子どもをなおすのも、みんな魔女《まじょ》でなきゃできなかったんだもんな。怒《おこ》らせたら、こわいのなんの。雷《かみなり》は落ちる、畑は枯《か》れる、家畜《かちく》は赤んぼを産まなくなる。だが、いまは地上に魔女《まじょ》はいねえよ。人間が、もっとこわい神炉《じんろ》を、地面の下から引きずりだしてきたからな。魔女《まじょ》は空の上にいくつか棲《す》み家《か》をつくって、そっちへみんな、引っ越したんだ」

まるで、大昔の英雄《えいゆう》の手柄《てがら》話をするような話しぶりだった。

「神炉《じんろ》はな、図体《ずうたい》はでかいが、魔女《まじょ》ほどこわくはないさ。ちゃあんと、鎖《くさり》でつないでおけるんだからな。おとなしいもんだ。それでもって、魔女《まじょ》と同じ、いやもっと強い力を、人間にわけてくれる。——うん、ちゃんとした鎖《くさり》と神殿《しんでん》と、エサさえあれば、おれの家族も死なずにすんだかもしれんと思うよ。だから、この仕事をしてんだ。神炉《じんろ》のでかぶつを運ぶために、人や材木を山ほど移動させなきゃならねえんで、頑丈《がんじょう》な橋をつくるんだ。神炉《じんろ》がふんだって、こわれないような特別製をな」

かぜを引いたのか、男はくぐもったせきをしながら夕飯を作った。もうタタンは、起きあがって男と同じものを食べられるようになっていた。新しい橋はもうすぐ完成するので、そうしたらまたべつの土地へ仕事を探《さが》しに行く、と男は言った。神炉《じんろ》を移動させる道をつくったり、神殿《しんでん》を建てたりと、仕事はたくさんあるのだという。そうなったら、この人間についていってもいいと、タタンは思った。

ある日、いつまでたっても男が帰ってこなかった。夜に大雨が降《ふ》りだし、タタンは歩けるようになったばかりの足で、探《さが》しに行くことにした。こんな夜なら、猫《ねこ》みたいなすがたをだれかに見られることもないだろう。

もうすぐできあがる橋のそばに、働《はたら》く者たちの休憩《きゅうけい》小屋があって、そこに明かりがついていた。そばまで行くと、くぐもった話し声が聞こえてきた。

「気の毒《どく》にな、もうすぐここでの仕事がおわるってときに」

「しばらく前から、具合が悪そうだったからな」

「せめてつめたくなる前に、気づいてやれてたらなあ。一人でたおれて死んでたなんて、やりきれねえよ」

「おれたちも、気をつけるこった。おおかたネズミかコウモリにでも、病気をうつされたんだろうよ」

「墓地は、この村のでいいな？　家族はいないと言っていたから」

窓《まど》からのぞきこむと、小屋の床《ゆか》に、一人の人間が横たえられ、そのまわりにほかの数人が、うなだれて立っていた。顔に布をかけられているけれど、着ているものや手足のかたちでわかった。――たおれているのは、タタンをたすけた人間だ。

死んでいた。タタンのやけどをなおして、食べるものをくれたのに。

男はしょっちゅうせきこんでいて、タタンもそれは知っていた。ネズミ？　コウモリ？　たしかにあそこはネズミが好《この》みそうなぼろ家だったけれど、ネズミなど一匹《ぴき》も寄りつかなかった。タタンが、猫《ねこ》がいたからだ。

そういえば、古い橋の下でタタンに食べ物をくれた猫《ねこ》、あの猫《ねこ》はどうしただろう。弱りきったタタンに、死んだコウモリやネズミをくれた。タタンはそれを食べて死をまぬがれ、あの人間に拾われて――

「そういや、こいつ、猫《ねこ》を拾ったとかって言っていなかったか？」

一人がたずねた。

「ああ、そういや、言ってたな。橋の下で見つけたって……その猫《ねこ》に、病気をうつされたのかもな」

体がどろりと溶《と》けだすような錯覚《さっかく》が襲《おそ》ってきた。気がつくと、タタンは走りだしていた。

猫《ねこ》に病気をうつされた。その言葉が、頭のなかにがんがんと響《ひび》きわたった。

猫のせいで、死んでいた。はなれなくては。人間から、はなれなくては……

「――タタン！　がんばって、こっちだよ」

だれかが腕《うで》を引っぱった。はっと目をみはると、金色の髪《かみ》の毛が、暗闇《くらやみ》のなかでもなお、あざやかに光っていた。

木にのぼったリンゴが、枝を足場にして、片手《かたて》をこちらへ伸《の》ばしている。

クモは？　いまにもタタンを食べようと近づいていたクモが、いなくなっている。

「に、逃《に》げろって言っただろ」

精いっぱい怒《おこ》った顔を作ったつもりが、かすれた声しか出せなかった。毒《どく》のせいで、体に力が入らない。

一度、二度、まぶしさが間近で炸裂《さくれつ》した。

その光に揺《ゆ》すぶられ、タタンをとらえていた糸が、ふいに灰《はい》のように崩《くず》れた。巨大《きょだい》なクモの巣《す》が、ばらばらにつながりを失ってゆく。

まっさかさまに落ちかけるタタンを、リンゴが木の枝の上に足をふんばり、ぐいと引きよせた。頭が下をむいていたタタンは、とっさに身をひねって、体勢をなおした。いつもならやすやすとできる動作が、まるでおぼれかけの犬のようになったが、ともかく落下はまぬがれた。

枝にしがみつくと、またあのまぶしい光が、目の前をまっ白に染《そ》めた。

「もう大丈夫《だいじょうぶ》だよ、タタン。下へおりられる?」

「いまの……神炉《じんろ》の火じゃなかったか?」

リンゴの質問にこたえず、タタンはつかまっている枝につめを立てた。勝手に毛が逆立って、しっぽがふくらむ。

「そうだよ」

リンゴは木の幹《みき》にしがみつきながら、いともあっさりとうなずいた。

「たすけてくれたの。木に飲みこまれてた人が、神炉《じんろ》の水をかけて、魔法《まほう》を溶《と》かしたの」

リンゴがなにを言っているのか、タタンにはさっぱりだった。

「おーい」

木の下から、聞いたことのない声が呼《よ》ばわった。

「おりられそうかい？　大グモは、もういないよ。こんな呪《のろ》いをかけられるとは、とんだ災難《さいなん》だったね」

ひょろりと痩《や》せた、めがねをかけた男がこちらへ手をふっている。あれは、いったいだれだ？

リンゴにたすけられながら、タタンは木を伝いおりた。高い枝から飛びおりることなど造作《ぞうさ》もないはずなのに、何度も木からずり落ちかけては、リンゴにささえてもらわなくてはならなかった。リンゴは、クモの毒《どく》にやられなかったのだろうか？不器用ではあるが、タタンよりずっと上手に木を伝いおりてゆく。やっとのことで地面へおりると、とたんにひざが崩《くず》れて、立つことができなかった。

「ほら、ね。神炉《じんろ》の光は、こうやって使えるんだ。前にきみたちにりんごの木から出してもらったときも、ほんとうは、こうするべきだったんだよ」

ずり落ちかけるめがねを押《お》しあげながら、男がリンゴにむかって、得意《とくい》そうに言った。タタンのすがたにおどろきをかくせないまま、男は口もとを引きしめた。

「塔《とう》のほうで、大きな光が見えたね。それで、下の村の人たちが、塔《とう》へむかったらしいんだ。……ずいぶん、あわてているようだった。とにかく、薬を飲んで、体のなかの毒《どく》を消そう。目に見える呪《のろ》いは光で消してしまえたけど、体にそそがれたものまでは、とりのぞけなかったからね」

男は地面に置いていた大きなかばんを開けると、ごちゃごちゃにつめこまれた荷物に手をつっこんでかきまわしはじめた。

「……だれなんだ、こいつ？」

男に聞こえないよう、リンゴに小声でたずねた。するとリンゴは、けろりといつもどおりの声音で、返事をした。

「木に食べられてた人だよ。ノラを追いかけてたときに、会ったことがあるの。さっき、もう一回出会ったんだよ」

リンゴが説明するものの、意味がわからない。どうやらリンゴが警戒《けいかい》していないということはわかるが、だからといって、この人間を信用していいとはかぎらない。

うるさい音を立てながらさんざんかばんのなかを引っかきまわして、男は、やっと探《さが》しあてた小ビンをさしだす。

「これが効《き》くはずだ。飲むといいよ」

「……呪《のろ》いって、だれのだ？」

見知らぬ人間が飲めという小ビンに口をつける気など、さらさらなかった。うけとろうとしないタタンに、男は、辛抱《しんぼう》強く小ビンをさしだしつづけた。

「きみたちがうけたのは、森の妖精《ようせい》の呪《のろ》いじゃなさそうだ。これは魔女《まじょ》の、空へ逃《に》げずに村に残っている魔女《まじょ》の呪《のろ》いだよ。……きみたちはきっと、なにかのかんちがいで呪《のろ》いにとらわれてしまったんだ」

「魔女《まじょ》？」

魔女《まじょ》はみんな、地上からいなくなったはずではないのか。目をまるくしているタタンの肩《かた》を、リンゴがたたいた。

「タタン、はやくノラのところへ行かなくちゃ。大勢、塔《とう》へむかったんだって。きっとノラ、びっくりしちゃうよ。魔法《まほう》をかけると、いつも、ノラはがっかりするの。ノラががっかりすると、悲しいよ」

リンゴの声は、タタンに、いますぐ動けと命じているかのようだった。どうせこのままでいても、毒《どく》でだめになってしまうのだ。タタンはなかばやけになって、さしだされた小ビンの中身をあおった。どぎつい甘《あま》さと、それより強烈《きょうれつ》な苦さが舌《した》とのどを焼いた。顔をしかめてむせるタタンの背中《せなか》を、リンゴがさする。

「ノラというのは、きみが探《さが》していた人だね？　もしかしていま、月見の塔《とう》にいるのかい？」

リンゴが、こっくりとうなずく。男はぼさぼさの髪《かみ》をかきまわし、口を横にひんまげて考えこんだ。そうすると、めがねがずるりとななめになった。

「……きみたち、いっしょに来て、力を貸してはくれないだろうか」

タタンとリンゴにむけて、そう言う。ぎょろりと大きな目に、さしせまった焦《あせ》りがにじんでいた。

「ほんとうは今夜、真夜中までに、こっそり塔《とう》へ行ってこれを置いてくるつもりだった」

男がかばんの底からとりだしたものに、タタンは目をみはり、リンゴは小さく息を飲んだ。

かばんから出てきたのは、なんの飾《かざ》り気《け》もない密閉《みっぺい》ビンで、なかには透明《とうめい》な水が閉《と》じこめられている。が、それは、ただの水ではなかった。男が手のなかで揺《ゆ》らすと、ビンのなかの水は、煌々《こうこう》とかがやきだしたのだ。

「……………」

リンゴが無言で、肩《かた》をふるわせた。タタンのひげも、ひとりでに逆立つ。

見まちがえようがなかった。目の前にあるのは水で、火でも巨人《きょじん》でもないが、皮膚《ひふ》が太陽とたき火の炎《ほのお》のちがいを感じわけるように、わかった。ビンのなかに封《ふう》じられているのは、神炉《じんろ》の火だ。

「なんで、こんなもの持ってるんだ」

タタンが耳をうしろへたおすと、男は口もとを引きしめ、光る水の入ったビンをふたたびかばんにしまった。

「ぼくは学者で、あちこち旅をしてまわっている。この水は、雨鳥《あまどり》の都からわけてもらったものだ。この山の上にある月見の塔《とう》に、この水をとどけに来たんだ。これがあれば、村の人たちが冬をこすくらいの力には、なれるはずだから。ここでおこなわれていることを止めるには、どうしても必要だ。今夜でないと、まにあわないんだ」

「なんだって、そんなこと……」

タタンは、薬を飲んだことを後悔《こうかい》しはじめていた。この人間は、危険《きけん》かもしれない。

「ぼくは、神炉《じんろ》をもといた地の底へ帰す方法を探《さが》している。そのための研究をしている学者なんだ」

タタンとリンゴは、思わず顔を見あわせた。そうしたからといって、リンゴがなにを考えているのだか、タタンにははっきりと読みとることはできなかったが。

「月見の塔《とう》では今夜、いけにえをさしだす儀《ぎ》

式《しき》がおこなわれるはずなんだ」

男が——学者が言った。

「村に力をあたえてきた存在《そんざい》に、血と肉をさしだす夜が、今夜のはずだ。神炉《じんろ》の火をわけあたえられない土地では、古くからの生き物にいけにえをさしだすことで暮《く》らしをつないでいるんだ。だけど、いつまでもそういうものにたよって、生きていくことはできないよ」

「でも、神炉《じんろ》も食べ物をほしがるよ」

リンゴが首をかしげた。しっぽの先がぴくりと動いて、体のしびれがほぐれはじめているのに、タタンは気がつく。飲みくだした薬は、どうやらほんとうに効《き》き目があるらしい。

「そう、だから、人間はいまとはちがう生き方を探《さが》さなくては。神炉《じんろ》は人間を豊かにしてくれた。だけどそのために犠牲《ぎせい》が必要なのだとしたら、それは、人間が使っていい力ではないはずなんだ」

「だからって、神炉《じんろ》の火を運んできたんなら、同じことだろ」

手の指、足の指を動かしてみる。力がもどってきた。走れるようになったら、この人間は置いていくほうがいいにちがいない。

「神炉《じんろ》を地底からつれてくるために、かつて、大勢が働《はたら》かされた。地底へつづく穴《あな》を掘《ほ》り、巨人《きょじん》を武器で追い立てて、鎖《くさり》でつないだんだ。そのあとも道をつくり、橋を架《か》け、神殿《しんでん》を建て……危険な仕事をするあいだに、死んでしまう人もいた。あの村の人たちも、同じだよ。ほとんどの働《はたら》き手を、神炉《じんろ》の道づくりにとられてしまったんだ。ほんとうなら、村で畑の世話をしているはずの人たちが。ぼくは神炉《じんろ》を帰すときにまで、大勢の人を無理やり働《はたら》かせるのはまちがいだと考えている」

夢《ゆめ》のなかでかいだ、雨のにおいがよみがえってきた。泥混《どろま》じりの、つめたい雨のにおい。――タタンを拾った人間も、神炉《じんろ》のための橋を架《か》ける仕事をしていた。

「手伝ってもらえないだろうか。ほんとうはこっそり神炉《じんろ》の火を置いてくるつもりだったけど、思ったよりもはやく、人が塔《とう》にむかいはじめてしまった。村の人たちは、よそから来たぼくの話を聞いてくれないかもしれない。いけにえがさしだされるまでに、まにあわないかもしれない……ぼくがだめだったときに、神炉《じんろ》の火を使うことを彼らが選べるように、守っていてもらいたいんだ。夜が明けるまででかまわない。できることなら、地上にいる人々すべてに行きわたるだけの、いまある火をかき集めてくばっておきたいけど、ぼく一人の時間では、叶《かな》わないだろう。せめてここにいる人々のためだけにでも、できることをしたいんだ」

がばりと、学者が頭をさげた。

この人間は、なにを言っているのだろう？　タタンはあきれかえって、目をしばたたいた。言っていることがめちゃくちゃだ。神炉《じんろ》を地底へ帰す？　そんなことをしたら、人間は、また弱い生き物になりさがってしまうのではないのか。あんな小さな村をひとつ、どうにかしたところで、なにが変わるというのだろう。

「人間はきらいだ」

タタンはうつむき、両手の指がすっかりもとどおりに動くのをたしかめた。毒《どく》はもう、体から消えたらしい。しっぽを動かし、しならせて、立ちあがった。

「けど、人間が死ぬのもきらいだ。……だから、手伝ってやってもいい」

リンゴがとなりに立ちあがる。タタンは、塔《とう》がある山道の上を見やった。——空気のなかに、煙《けむり》のにおいが混《ま》じっている。

5　キサラとミダの物語

「ここは、なんのための塔《とう》だったの？」

ノラは花でいっぱいになった塔《とう》の屋上から、むこうの小さな集落を見晴るかした。集落の背後《はいご》の岩肌《いわはだ》が、今日の最後の太陽をうけとめて、気高い黄金《おうごん》にかがやいていた。

「大昔に、魔女《まじょ》が建てたんだ。月にいる竜《りゅう》と契約《けいやく》をした魔女《まじょ》が、竜《りゅう》の力を地上で使うためにつくった……」

キサラの髪《かみ》が揺《ゆ》れるが、それは現実の風によってではなく、死者だけが感じとる、もうひとつの風をうけているからだった。

「竜《りゅう》の力を使う？　そんなことができるの？」

ノラが問うと、キサラはひょこりと肩《かた》をすくめた。幽霊《ゆうれい》のくせにちっとも死んでいる感じがしなくて、ノラとそっくりなごわごわの髪《かみ》を、花を咲《さ》かせたいばらのつるのように、猛々《たけだけ》しく、誇《ほこ》らしげに解きはなっている。

「しくみはよくわからないけど。魔女《まじょ》が昔に、そう約束したんだ。だから竜《りゅう》が、村で人が生きていくための力をわけてくれる。冬に火が絶《た》えないようにしたり、畑の土が痩《や》せないようにしたり、大雨が降《ふ》っても川があふれないように守ってくれたり……村では、働《はたら》き手がたりなくなってたから、竜《りゅう》の力でたすけられたんだ」

「神炉《じんろ》の力じゃないんだね」

すると、キサラの眉《まゆ》がつりあがった。

「神炉《じんろ》なんかきらいだよ。あいつらが通るためのトンネルを掘《ほ》ってやるために、大人たちは村から出ていっちゃったんだ。トンネル掘《ほ》りがおわったら帰ってくるって言ってたのに、どれだけ待っってても、もどってこなかった。もうけ話だって、だまされたんだ」

切りつけるような言い方に、ノラは思わずひるんだ。

「……だけど……神炉《じんろ》はとてもきれいな光をかかえてたよ。まぶしくって、花がつぎつぎに咲《さ》いて――神炉《じんろ》だって、人間を豊かにする存在《そんざい》なんでしょう？」

生まれてすぐ止まりかけたノラの心臓《しんぞう》を、魔法《まほう》の力ではどうすることもできなかった。それを、人間がたすけてくれたのだ。神炉《じんろ》の力があったからノラは死なずにすんだ。

しかし、キサラの横顔は、ますますけわしくなった。

「あんなのがきれいなら、あたしは、腐《くさ》ったミミズでも食べてるほうがましだ！……まあ、いまじゃ、なんにも食べられないけど」

キサラは自分の気持ちをふりはらうように、長い髪《かみ》をうしろへはらった。

空気に、火を焚《た》くにおいが混《ま》じる。ふもとの村で、だれかが料理をはじめたのだろうか。

「そういえば、〝いばらの髪《かみ》〟って言ってたよね。あたし、家族のなかで一人だけ、こんなごわごわの髪《かみ》なんだ。姉さんたちはみんな、きれいな髪《かみ》の毛なのに、あたしだけ、こんなふうで……あんたみたいな髪《かみ》をした人が、ほかにもいるの？」

とびきり奇妙《きみょう》なものを見るように、キサラが片方《かたほう》の眉《まゆ》をあげ、その反対の頬《ほお》をふくらませた。

「それって、あたしの髪《かみ》のこと、ばかにしてるの？」

あわてて、ノラはかぶりをふった。

「そんなことないよ！　だけど、あたしは魔法《まほう》もうまく使えないし、姉さんたちは三人とももとってもきれいなのに、この髪《かみ》、自分じゃ好きじゃないんだ。だれにも似《に》ていなくって、上手にまとまらなくって……」

ノラが無理やり三つ編《あ》みにして暴《あば》れないようにするしかない髪《かみ》を、キサラは自由にはねまわらせている。それが、ちっとも醜《みにく》く見えないことが、不思議《ふしぎ》でならない。

ノラが同じようにしてみても、きっとキサラのようにはならないのではないかと、そう思った。

「ひょっとして、キサラの村の人たちと、あたしの血が、どこかで混《ま》じりあってるなんてことがないかな」

とんでもない勇気を出して、ノラはこう口にした。いくら幽霊《ゆうれい》でも、人間だったキサラが、魔女《まじょ》と血が混《ま》じっているという言葉を、いやがるかもしれないからだ。せっかく仲よくなりはじめたのに、この塔《とう》から出ていけと言われるかもしれない……。

キサラはくるりときびすをかえすと、屋上から生えて咲《さ》いている花に手を伸《の》ばした。が、幽霊《ゆうれい》の手では、つかもうとしても花びら一枚揺《まいゆ》することができない。くちびるをつきだし、キサラはノラに手まねきした。

「ひとつ、とってごらん」

相手の気を悪くさせたのではないかと思い、ノラはだまって言われるとおりにした。なんという名の花なのだろう。ほのかな銀色に光るしとやかな花びらの、こんな花は見たことがなかった。茎《くき》や葉にもやわらかな銀のうぶ毛が生えており、折りとると雪に似《に》たにおいがした。

「あたしみたいにして」

キサラが自分の髪《かみ》の花飾《はなかざ》りを指さす。ノラはぎこちない手つきで、摘《つ》みとった花を左の三つ編《あ》みにさした。かたい三つ編《あ》みが、はじめて花を咲《さ》かせた木の枝のようになった。キサラが、満足そうににっこりと笑う。

「ほら、きれい。あんたとあたしのご先祖《せんぞ》がどこかで混《ま》じってるかどうかなんて、わかんないよ。魔女《まじょ》だって人間だって、もともと同じ地べたの上で暮《く》らしてたんだもの。あたしとあんただって、うんと遠い姉妹かもしれないよ。だれだって、ちょっぴりずつ血が混《ま》ざりあってて、たまたまこういうすがたに生まれたんだ。だれにばかにされるいわれも、自分で恥《は》ずかしがる理由もない」

そうしてキサラは、なつかしがるようなまなざしをもう一度集落のほうへむけた。

「あたしたちのご先祖《せんぞ》は、どこかから旅をしてきて、やっとあの土地を手に入れたんだ。いばらの髪《かみ》のせいで、どこへ行っても、まともな仕事や家がもらえなかったんだって。だからやっとのことで手に入れた自分たちの土地を、どうにかして守らなくちゃいけなかった。どんなにちっぽけな土地でも……だから、村を守る魔女《まじょ》が、契約《けいやく》をした。この塔《とう》は、その契約《けいやく》の場所なんだ」

キサラの顔に、一瞬《いっしゅん》、何百年もの歳月《さいげつ》を感じさせる影《かげ》がやどった。ノラはどきりとして、それ以上、話しかけることができなかった。

リンゴたちは、もう、落とし物を見つけてくれただろうか？　もう空が夜の色に染《そ》まりかけているけれど、二人はまだもどらない。ひょっとして、なにかあったのだろうか。探《さが》しに行ったほうがいいかもしれない。

（タタンは……そう、もしついてきたいって言うなら、来たっていいんだ。棲《す》み家《か》にいれば、どろぼうなんかしなくてすむもん。食べるものだって、寝《ね》る場所だって、もしたりなかったら、あたしのをわけてあげたらいいんだ）

〈黄金《おうごん》の心臓《しんぞう》〉を手に入れたら、みんなで棲《す》み家《か》へもどろう。みんなで暮《く》らせるように、姉さんたちにたのんでみよう。ノラが自分の考えに、そっとうなずいたときだった。

ふと、あたりがまっ暗になった。

雲だ。ぶ厚《あつ》い雲が流れこんできて、空をおおってしまっている。まだ夜にはなりきらないのに、視界《しかい》のすべてがかげり、空からも地面からも、夜より濃《こ》い暗さがにじんでくる。空気がかき乱《みだ》され、腕《うで》や頬《ほお》にびっしりととりはだが立つのを、ノラははっきり感じた。

キサラが塔《とう》のへりから身を乗りだして、鋭《するど》く息をのんだ。ゆらゆらと、木立《こだち》のほうから光が現れる。煌々《こうこう》と赤いそれは、だれかのかかげる松明《たいまつ》の火だ。揺《ゆ》らめく火が細い列になって、塔《とう》へ近づいてくる。

やがて先頭の明かりが塔《とう》の真下までやってくると、炎《ほのお》の下から、しわがれた声が響《ひび》いてきた。

「……ここは、竜《りゅう》のための塔《とう》だ。よそ者は、はやく立ち去れ」

暗い色のマントをはおり、頭巾《ずきん》をまぶかにかぶった、どうやら老婆《ろうば》のようだった。足をささえるためだけとは思われない、ものものしい杖《つえ》をたずさえている。

「ミダ！」

ささやいたのは、キサラだった。たくさんの花を飾《かざ》りつけた黒髪《くろかみ》が、塔《とう》の上からひとつかみの雲のようになびいた。

塔《とう》の前に、人が集まってくる。かかげている松明《たいまつ》の火が揺《ゆ》れて、はっきりとしたすがたはとらえられない。人間たちだった。十人ほどの人間が、火を手に、塔《とう》の下に集まっている。

まさか――盗賊《とうぞく》ネズミたちのように、魔女《まじょ》を火あぶりにするため集まったのだろうか？

「ミダ、なんだって、こんなに大勢で……」

キサラがくちびるを噛《か》む。ノラは自分のすがたを見られるのがおそろしくなって、あとずさった。チリン、鈴《すず》が揺《ゆ》れて、ノラの居場所をまわりに教える。

「ど、どうするの？　ひょっとしてあのおばあさんが、キサラの友達？」

ごわごわの髪《かみ》の下で、キサラが肩《かた》をわななかせているので、ノラはそれ以上声をかけることができなかった。

とにかく、ノラたちが悪さをするつもりでないことを、なんとかして伝えなくては。リンゴとタタンが、いまにもここへもどってきてしまうかもしれない。こんなところにはちあわせてしまったら、なにが起こるか想像もつかなかった。

杖《つえ》を持ち、先頭に立っている老婆《ろうば》をのぞき見ると、ノラの前髪《まえがみ》が、ピリッと電気をおびて浮《う》きあがった。老婆《ろうば》から感じる気配は、人間のものとはちがっていた。

（──あの人、魔女《まじょ》だ。なんで地上にいるんだろう？）

けれども、魔女《まじょ》ならば、ノラを火あぶりになんてしようとしないはずだ。なぜ地上に、人間たちといっしょに魔女《まじょ》がいるのかわからないが、自分も魔女《まじょ》なのだと打ち明けたほうがいいのかもしれない。同じ魔女《まじょ》だとわかれば、警戒心《けいかいしん》をといてくれるかも……そして、〈黄金《おうごん》の心臓《しんぞう》〉のことを教えてくれるかもしれない。

（……あたしは、ちゃんとした魔女《まじょ》になるんだ。そうして、みんなで棲《す》み家《か》に帰るんだ）

いますぐ相手に顔を見せて、自分は仲間だと教えたかった。しかし、そう簡単《かんたん》にいきそうもない。松明《たいまつ》を手に塔《とう》に集まってきた者たちがはなっているのは、こちらへ対する敵意《てきい》だった。

ソンガにこのことを伝えなくては。そのあと、リンゴたちを探《さが》しに行く方法を相談するのだ。あの魔女《まじょ》と話すよりも先に。ノラは混乱《こんらん》したまま、階段《かいだん》を駆《か》けおりた。

塔《とう》のなかは、真夜中のように暗かった。空がかきくもってしまったから、外からこぼれこんでいたかすかな西日の名残《なごり》すらなかった。

チリチリ、三つ編《あ》みから飛びだした妖精《ようせい》の火の玉が、せわしく頭のまわりを飛びまわった。おでこにぶつかり、ノラが走る邪魔《じゃま》をしてくる。

「ちょっと、いたずらしないで！　それどころじゃないんだから」

ハエを追いはらうように、ノラは火の玉を手ではらいのけた。手すりのないらせん階段《かいだん》を、ノラはできるかぎりのはやさでおりようとし――とちゅうで、足を止めた。

ごとり、ごとり。岩を引きずるような音が、こちらへ来る。

「……ソンガ？」

自分の声は、キサラよりずっと幽霊《ゆうれい》じみていると、ノラは思った。

弓なりのツノが、階段《かいだん》の先に浮《う》かびあがる。下からのぼってくるのは、まちがいなくソンガだった。ほかにはありえない。どんなに暗くたって、ノラは、自分のヤギを見わけられた。

それなのに、ソンガの気配がおかしかった。ヤギの顔がこちらをむく。金色のはずの目が、くりぬいたように白く光った。

ひゅっと、アザミ色の火の玉は、おびえたようにノラの髪《かみ》のなかへ身をかくした。火の玉は、このことを知らせようとしていたのだ――けれども、もうおそかった。

ヤギは階段《かいだん》を蹴《け》ってひと息にノラのもとまで跳躍《ちょうやく》すると、ためらわずにぶつかってきた。二本のツノのあいだ、いつもノラが指の先でかいてやるところが、ノラの体を直撃《ちょくげき》した。

ぱきっ、と、胸《むね》のところでなにかが割れ、ノラはひとたまりもなく吹《ふ》き飛ばされた。キサラに言われて髪《かみ》にさした花が、落ちてゆくノラの上に浮《う》かぶのが見えた。ひらひらと白く宙《ちゅう》に浮《う》いていて、鳥の羽根みたいな花びらに、ノラは一瞬《いっしゅん》見とれ――

あとは、落ちるだけだった。塔《とう》の床《ゆか》へ、まっさかさまに。

（だめっ！）

床《ゆか》にたたきつけられる寸前《すんぜん》、ノラは必死で自分の胸《むね》に手をあてた。ソンガがこんなことをするはずがない。できそこないだろうと、ノラの胸《むね》には魔女《まじょ》の心臓《しんぞう》が入っているはずだった。なんでもいいから、たすかるための魔法《まほう》を起こさなくては——

どくん、と心臓《しんぞう》がはねたつぎの瞬間《しゅんかん》、石の床《ゆか》で自分がばらばらに砕《くだ》けるのを、ノラは感じた。

◆

目を開けると、とても明るかった。

知らない場所に立っているので、ノラはひどく混乱《こんらん》した。さっきまで自分がいた場所を思いだそうとする。……けれど、だめだった。まだ新しいはずの記憶《きおく》が、ノラの頭から、風に飛ばされる砂《すな》のようにこぼれ去ってゆく。

いったい、なにが起きたのだろう?

ノラは、自分の両のてのひらを見つめた。——それは、おぼろな記憶《きおく》にあるノラの手ではなかった。子どもの手ではあるけれど、中途半端《ちゅうとはんぱ》に伸《の》びたぶ厚《あつ》いつめと、土の色のしみが刻《きざ》まれたてのひらは、べつのだれかのものだった。

手をにぎり、開いてみる。ノラのものではないはずの手は、ノラの思いどおりに動く。ひっくりかえしたり、頭の上へかかげてみる。知らない手には、草の汁《しる》や木の実の汁《しる》がこびりついていた。

顔と髪《かみ》にふれてみて、思わず息を飲んだ。髪《かみ》は三つ編《あ》みになっておらず、うそのようになめらかだった。こんなにやわらかな髪《かみ》が自分の頭から生えているなんて、夢《ゆめ》みたいだ。すべすべとした髪《かみ》を、ノラは夢中《むちゅう》で、しばらくなでつづけた。

ノラは自分の体を見おろし、その場でくるくるとまわった。鈴《すず》の音がしない。足にはサンダルではなく、やわらかい靴《くつ》をはいていて、動くたびに重たい生地のスカートが揺《ゆ》れた。汚《よご》れたエプロンもいっしょに。青い草のにおいが、体じゅうにしみこんでいた。

「ミダ、なにしてるんだ?」

声をかけられ、顔をあげると、そこにはキサラがいた。たくさんの花を髪《かみ》に飾《かざ》りつけて、こちらをじっと見つめている。

川が流れる音。小鳥が林の枝にとまる音。

木でできた橋の上に、ノラとキサラは立っていた。

ノラは、ぱっと身をひるがえし、橋の手すりから顔をつきだした。午後の太陽にあたためられた川が、眠《ねむ》たげに流れている。川面にぼんやりと映るのは、ノラの顔ではなかった。意思《いし》の強そうな、太い弓なりの眉《まゆ》。力強い鼻と、小さな口。なによりちがっているのは、肩《かた》の上で切られた、水のようになめらかな髪《かみ》だった。ノラは何度も、髪《かみ》の毛のなかに指をさし入れ、すべらせてみた。

……そうだ。ノラは、塔《とう》にいたはずだった。キサラだって塔《とう》にいたのだ。いつのまに昼間になって、なんだってこんなところにならんで立っているのだろう? おまけにノラは、なぜか別人のすがたになってしまっている。

「また、薬がうまく作れなかったの？　くよくよするなって言ったのに」

腰《こし》に手をあてるキサラに、ノラはあらためてむかいあった。塔《とう》にいたキサラと、雰囲気《ふんいき》がちがう。頬《ほお》は木イチゴをなすりつけたように赤く、まとっているのはごわごわとした布でできた普段着《ふだんぎ》だ。髪《かみ》に飾《かざ》りつけている花だけが同じで、日の光のもとで、白い花はぼうと光って見えた。

ノラは髪《かみ》から手をはなし、エプロンの布地をつかんだ。

頭のなかで、ぐるぐると混乱《こんらん》していたうずが、ふいにほぐれた。——ここは、ノラの現実と地つづきの場所ではない。ノラはいま、過去の、キサラが生きていた時間のなかにいるのだ。ノラではない者になって、キサラの前に立っている。

キサラはさっき、ノラを「ミダ」と呼《よ》ばなかったか？　その名前は、たしか……

(村の魔女《まじょ》だ！)

またなにか、魔法《まほう》をかけてしまったのだろうか？　わからない。まぶたを開ける前に起きたできごとを、どうしても思いだすことができなかった。と、ノラの口が
——つまりミダの口が、言葉をつむいだ。

「……だって。ほんとうはほかの仕事だって、手伝わなきゃいけないのに。畑の収《しゅう》穫《かく》も、家畜《かちく》たちの世話も。小さい子たちは、どんどんかぜを引いていくし」

ミダが、両手の指をもぞもぞとくみあわせた。胸《むね》の奥《おく》に居座《いすわ》る焦《あせ》りが、血管に乗って体じゅうにめぐってゆく。しかしキサラは、ミダの不安を吹《ふ》き飛ばすように、フ

ンと鼻で息をついた。

「大丈夫《だいじょうぶ》！　父ちゃんたちは、きっともうすぐ帰ってくるよ。冬にはもどる約束だもん。たんまりお駄賃《だちん》をもらって、おみやげいっぱい持って帰ってくるって。それまで、みんなで留守《るす》を守っていなくちゃ」

腰《こし》に手をあて、きっぱりと告げる。キサラがそうすると、粗《あら》い布地のスカートが、華《はな》やかな衣裳《いしょう》のように揺《ゆ》れた。

「ミダが村にいてくれて、みんな、どれだけ心強いと思う？　人間の力なんてちっぽけだもの、神炉《じんろ》の火のおこぼれももらえないうちのような村に、いまも魔女《まじょ》がいてくれて、どれだけたすかってるか。ミダがいてくれるから、みんなの父ちゃんや兄ちゃんが出稼《でかせ》ぎに行っちゃっても、がんばって留守番《るすばん》していられるんだ。ほら、そんな顔してないで。昼めし食べて、それからまた働《はたら》こう」

胸《むね》のまんなかが痛《いた》むのを、ミダになったノラは感じた。ミダには、キサラのように明るくふるまうことができない。

ミダは空の上の棲《す》み家《か》へ逃《に》げず、この村に残ることを選んだ。ここには親友のキサラがいて、神炉《じんろ》のトンネル掘《ほ》りに出むいていった大人たちのかわりに、みんなをたすける者が必要になると思ったからだ。……けれど、ミダにはまだ、村に残っている全員を満足にたすけるだけの力がなかった。畑の作物を枯《か》らさないよう魔《ま》法《ほう》をかければ、家畜《かちく》が瘦《や》せはじめる。家畜《かちく》がたくさん生まれるまじないをかければ、井戸が干《ひ》あがりそうになる。ミダ一人の魔《ま》法《ほう》では、ちっぽけな村のなかでさえ、なにもかもを上手にまとめておくことができなかった。

おまけに、秋風といっしょにどこかから入りこんだ厄介《やっかい》なかぜが、子どもと年寄りにひろがりはじめていた。このかぜは、いやな感じがした。もっと村に残っているみんなに栄養《えいよう》をとらせて、いい薬を見つけなくてはならない。

村の仕事をみんなに混《ま》じって手伝いながら、ミダは森に一人で出かけては、薬草を探《さが》していた。夜でも、魔女《まじょ》の目ならばまわりを見ることができる。夜中に薬草を摘《つ》んでは家に持ち帰り、朝までかかって薬を調合《ちょうごう》した。けれどミダの作る薬は、空へ逃《に》げたミダの母親が置いていったわずかな薬ほど、効《き》き目をあらわさなかった。何度か、空の上の棲《す》み家《か》にいる母親に、たすけを求めようかとも思った。薬の作り方、魔法《まほう》のほどこし方を、せめてもうすこし教わりたかった。――けれども、空の上の魔女《まじょ》の棲《す》み家《か》はいくつもあり、母親がどの棲《す》み家《か》へ逃《に》げたのか、ミダは知らなかった。おまけに棲《す》み家《か》にはめくらましの魔法《まほう》がかけられており、地上から見つけることはできなかった。

いったいなんのために、地上に残ることに決めたのだろう。ミダは、自分の無力さが情けなかった。村に残された人たちも、魔女《まじょ》のくせに役に立たないミダを、邪《じゃ》魔《ま》に思うようになりはじめていた。

(しかたがないんだ)

ミダの思いが、ノラのなかにも深々と響《ひび》いた。

(あたしはまだ子どもで、ちゃんとした魔法《まほう》が使えないから。けんかばかりしないで、母さんに、もっと魔法《まほう》を教わっておけばよかった)

神炉《じんろ》の力を手にしたとたん、魔女《まじょ》を地上から追いはらう人間など、これ以上たすけてやる必要はない――恩《おん》知らずの人間がそんなに好きなら、おまえだけここに残ればいい。もともと厳《きび》しい魔女《まじょ》だったミダの母親は、そう言い残して村を去ってしまった。

ミダの手が、服の胸《むな》もとをつかんだ。そこにあるかたいものを、ぎゅっとにぎる。その手ざわりを、ノラは知っていた。空の棲《す》み家《か》を飛びだしてから、ノラが肌身《はだみ》はなさず身につけているもの……竜《りゅう》の鱗《うろこ》の袋《ふくろ》だった。

なぜミダが、同じものを身につけているのだろう？

（……母さんは、これだけは残していってくれたんだ。これを使ったら）

ミダが、くちびるを噛《か》みしめながら考えた。

（みんなの役に立てる。決めなくちゃ。せめて、冬が来るまでに）

自分の頭のなかに響《ひび》く言葉が、なにを意味しているのか、ノラにはわからない。袋《ふくろ》に入っているものはかたく、ノラの持っている本のページではなかった。なかに入っているものが袋《ふくろ》に縫《ぬ》いつけられた竜《りゅう》の鱗《うろこ》とふれあって、かちかちと音を立てる。ミダがにぎりしめている袋《ふくろ》の中身は、石ころのようだった。衣服の布と、袋《ふくろ》におおわれているのに、その石がひんやりとつめたいのがわかった。どれだけにぎりしめていても、石は、いっこうにぬくもることはなかった。

はじめてのお弔《とむら》いは、収穫祭《しゅうかくさい》の日にとりおこなわれた。かぜを引いた三歳《さい》のエマイがはじめに死に、それに引きずられるように、つぎつぎに人々が力つきはじめた。ミダはなにもかもほうりだし、昼も夜も薬草を集めては煎《せん》じた。かぜがなおらずにぐったりとしている子どもや年寄りに薬を飲ませ、つきっきりで看病《かんびょう》をしたが、死んでゆく者をつなぎとめておくことはできなかった。

「ここにも、神炉《じんろ》がいればよかったのに」

三人の子どもを弔《とむら》ったヤギ飼《か》いのホヨが、青い顔でそう言った。

「魔女《まじょ》がいたって、だれもたすからないんじゃ意味がない。この村にも神炉《じんろ》がいれば……そうしたら、だれも、出稼《でかせ》ぎに行くこともなかったのに。そうだ。魔女《まじょ》なんかより、神炉《じんろ》のほうが、よっぽどありがたい存在《そんざい》なんだ！」

その声は、お墓の前にひざまずくミダにむかって投げかけられていた。

「なんで？　ミダはみんなのために、必死でがんばってくれてるのに。夜も寝《ね》ないで、薬を作りつづけてるのに。なんで、あたしの友達に、そんなこと言うんだ！」

キサラがホヨにつめよると、子どもをみんななくしたホヨは、顔をおおって泣きさけんだ。

キサラをふりかえったミダがしぼりだす声を、ノラももらした。キサラの顔が、まっ赤だった。今朝《けさ》は、なんともなかったのに……熱があるのが、ふれてみなくともわかった。キサラにも、病がとり憑《つ》いたのだ。

（なにをもたもたしてたんだろう……なんのために、ここに残ったっていうんだ！）

ミダは、立ちあがるなり駆《か》けだした。墓地をはなれ、村からもはなれて、一度も止まらずに山道をのぼった。

やがて息を切らして立ち止まったミダは、崖《がけ》の上の古びた塔《とう》を見あげていた。扉《とびら》に鍵《かぎ》はかかっておらず、ミダはなかへ入ってらせん階段《かいだん》をのぼった。屋上に近づくにつれ、心臓《しんぞう》が恐怖《きょうふ》にすくんだ。ミダは魔女《まじょ》なのに、おどろいた拍子《ひょうし》にしか魔法《まほう》をかけられないようなノラとはちがうのに、なにをそんなにおそれているのだろう？

空は灰色《はいいろ》だった。屋上へたどり着くと、ミダは竜《りゅう》の鱗《うろこ》の袋《ふくろ》をたぐりだし、中身をてのひらにあけた。──それは、灰色《はいいろ》のすりガラスのような石ころだった。じかにふれると、皮膚《ひふ》がどんどんひえてゆく。

──これを置いていくけれど、ほんとうに覚悟《かくご》のあるときにしか、使ってはならない。契約《けいやく》をうけついでいるものの、あたしだって使わなかった魔法《まほう》だ。ほんとうにいざというときまで、とっておくんだ。

ミダの母親は、切りつけるようなまなざしでそう言い聞かせながら、この石をにぎらせたのだった。

塔《とう》の屋上の鏡は、完璧《かんぺき》なかたちではなかった。手前に黒く欠けた部分があり、そこだけなにも映していなかった。キサラとノラがはじめて会ったとき、鏡はまっさらのようにたいらだったのに……

にぎりしめた石を、ミダは、鏡の欠けている割れ目にはめこんだ。かたちはぴたりとあわさり、手をはなしたそばから、継《つ》ぎ目が消えていった。

完全なすがたをとりもどした鏡が、鈍《にぶ》くかがやきはじめた。だんだんその光は強まり、耐《た》えきれないほどの重みがミダの体にかかった。目を射《い》るまぶしさがはじけて、思わず顔をふせたミダの耳に、天空から重いきしみが響《ひび》いた。

まぶたを開けると、すぐそこに、竜《りゅう》がいた。銀色の鱗《うろこ》をまとった大きな生き物が、塔《とう》の屋上をふみしめ、透明《とうめい》な翼《つばさ》をたたむ。長い尾が宙《ちゅう》でのたくり、空気をかき乱《みだ》した。

大きな魔法《まほう》をまのあたりにして、ミダのなかで、ノラは身をふるわせた。

ミダの手が、あわてて鏡にはめこんだ石を探《さぐ》るが、石はぴたりと鏡にはまって、はずすことができなくなっていた。体がふるえて、奥歯《おくば》がカチカチと鳴る。

この鏡を目じるしにして、竜《りゅう》は現れたのにちがいない。こんなにすごい魔法《まほう》を操《あや》っているのに、ミダは、なぜおびえているのだろう？　ノラは不思議《ふしぎ》に思った。

「呼《よ》びかけに応じて、月から飛んできた。竜《りゅう》を呼《よ》んだのはおまえか」

ほとんど白に近い水色の瞳《ひとみ》をこちらへむけて、竜《りゅう》がたずねた。それは、とがった石と石がこすれあうのに似《に》た音で、魔女《まじょ》でなければ、言葉として聞きとることのできない声だった。

ミダがふるえる息を吸《す》う。

「……おまえの力を、この土地の者たちにわけてほしい。月の石をうけつぐ魔女《まじょ》との、契約《けいやく》どおりに。この地の人間たちが、飢《う》えと病と貧《まず》しさから守られるよう、炎《ほのお》よりもかがやかしい月の竜《りゅう》の力を、わけておくれ」

竜《りゅう》が、ごろごろとのどをふるわせた。長い尾《お》が、空気を切り裂《さ》くようにしなった。

「魔女《まじょ》との契約《けいやく》にしたがおう。月の竜《りゅう》の力によって、この地の人間たちを災《わざわ》いから守り、長い安寧《あんねい》をあたえよう。引きかえに、魔女《まじょ》の血と肉をもらいうける」

竜《りゅう》が首を伸《の》ばし、口を開けた。ノラは悲鳴をあげたつもりだったが、ミダは歯を

食いしばり、その場に足をふみしめていた。全身につめたい汗《あせ》をかきながら、逃《に》げるものかと、必死で自分に命じていた。

鋭《するど》い牙《きば》のならぶ口が、ミダの頭を、首を、肩《かた》を、いまにもとらえようとする。

（……だからだったんだ、ミダが、ずっとためらっていたのは。この魔法《まほう》を使うと、自分をいけにえにしなきゃならないんだ）

だけど、とノラは思った。魔女《まじょ》のミダは、生きていたではないか？　かわりに死んだのは、幽霊《ゆうれい》になっていたのは——

「ミダ、ばかなことするな！」

どんと、体がつきとばされた。ミダが、恐怖《きょうふ》でつむっていた目を開ける。そこにいたのはキサラで、長い髪《かみ》が、ちょうど竜《りゅう》の口のなかで黒い煙《けむり》のようにおどっていた。

キサラが引きつった顔でうなずくのが、最後にちらりと見えた。

（あたしはもう、病気にかかっちゃったから）

竜《りゅう》がキサラに牙《きば》をつき立てる。声を出していないのに、キサラの言葉が聞こえる。

（魔女《まじょ》のあんたは、まだこの先も、村のみんなをたすけなきゃいけないよ）

月の生き物に咬《か》み裂《さ》かれて、キサラの髪《かみ》に飾《かざ》った花が、はらはらとこぼれた。

（父ちゃんたちが帰ってきても、もしも帰ってこなくても――いまいるみんなで、生きていかなくちゃ）

くらくらとキサラの体が揺《ゆ》れて、それはまるでおどっているみたいだった。いばらの髪《かみ》がおどっている。まばたきもできずにいるミダの耳に、どうしてかキサラの声が聞こえてくる。

（ありがとう。竜《りゅう》を呼《よ》んでくれて。これでみんな――）

そこで、声がとぎれた。花びらがみんな散《ち》って、塔《とう》の屋上を美しく飾《かざ》っていた。

「――魔女《まじょ》よ、たしかに血と肉をもらいうけた。月の竜《りゅう》の力を、おまえたちのためにあたえよう」

竜《りゅう》の声が響《ひび》きわたる。すると四方から風が集まって、風のなかに織《お》りこまれた銀色の光がからみあい、屋上の中心の鏡が、まぶしくかがやいた。竜《りゅう》は翼《つばさ》で空気を打ち、空から集まってきた力を、鏡のなかへ送りこんだ。光が脈打《みゃくう》ち、塔《とう》から崖《がけ》とふたつの川をこえて、光の網目《あみめ》が村までとどくのが見えた。

「五十年ののち、もう一度、血と肉をもらいうけよう。月の竜《りゅう》の力が、永劫《えいごう》におまえとおまえの地の人間たちを守るだろう」

そう言い残すと、竜《りゅう》は舞《ま》いあがり、空にむかって飛び去っていった。力強い翼《つばさ》がどんな風よりもはやく、そのすがたを遠くへ運び去った。

ミダののどから、獣《けもの》のようなさけび声があふれたけれど、それを聞く者は、ノラのほかにいなかった。

6　火を運ぶ者

……ノラははげしいめまいを感じながら、目を開けた。

ほどけた片方《かたほう》の三つ編《あ》みが、頭の横でばらばらにのたくっている。何十年ぶんもの埃《ほこり》が積もった床《ゆか》の上に、ノラはたおれていたのだ。

夢《ゆめ》を見たのは、ほんの一瞬《いっしゅん》のできごとだった。階段から落ちて、床《ゆか》にぶつかり、衝撃《しょうげき》で止まった息をまた吸《す》うまでの、ほんのわずかの時間……。

そのあいだにノラは、自分ではない魔女《まじょ》になっていた。この塔《とう》でかつて起きたできごとを、その魔女《まじょ》の目を通して見ていた。

ごとんと、らせん階段の上で音がする。ノラははっとして起きあがる。黒い獣《けもの》が、階段《かいだん》の上からこちらをにらんでいる。まっ白に光る目をひたとこちらへむけているのは、ソンガだった。

前足を高々とかかげたソンガの背後《はいご》に、奇妙《きみょう》な影《かげ》が浮《う》かびあがる。ヤギのすがたの影《かげ》ではなく、ぎたぎたととがった八本足の影《かげ》が、壁《かべ》にうごめく。けがをしたうしろ足から濃《こ》い影《かげ》がにじみだし、そこから、黒々と魔法《まほう》の気配が漂《ただよ》っていた。

(ソンガがやったんじゃない——なにかに、操《あやつ》られてるんだ!)

長い杖《つえ》をたずさえた魔女《まじょ》が、影《かげ》のように塔《とう》のなかへ入ってきた。あの魔女《まじょ》——ミダだ。ノラが夢《ゆめ》のなかで、すがたを借りていた魔女《まじょ》。キサラの親友で、地上に残った魔女《まじょ》だ。

「出ていけ、よそ者ども。今夜ここは、重要な儀式《ぎしき》の場となるのだ」

ミダの声が、つめたく塔《とう》の床《ゆか》を這《は》った。

(儀式《ぎしき》? 儀式《ぎしき》って……)

あの夢《ゆめ》は、ただの夢《ゆめ》ではなかった。ノラはあの一瞬《いっしゅん》、時間の裂《さ》け目に落ちていたのだ。

(五十年後の、今日がその日なんだ! 竜《りゅう》が、まただれかを食べに来る……)

ノラの頭に、かっと血がのぼった。村の人たちのために、キサラのために、自分の命をさしだす決心までしたミダが、どうしてソンガにこんなひどいことをするのだろう？

ソンガが威嚇《いかく》のために、持ちあげていた前足を階段《かいだん》にたたきつける。無意識《むいしき》に、ノラは首からさげた竜《りゅう》の鱗《うろこ》の袋《ふくろ》をにぎりしめていた。竜《りゅう》の鱗《うろこ》が一枚《まい》欠けて、手の指を傷《きず》つけた。さっき階段《かいだん》からつき飛ばされたとき、ソンガの頭にぶつかって、割れてしまったのだ。ヤギのツノは、魔女《まじょ》の皮膚《ひふ》など簡単《かんたん》につき破れるほど鋭《するど》い。足の力で、魔女《まじょ》の骨などあっけなく砕《くだ》いてしまう。それなのに背中《せなか》に乗せてくれるヤギを、だいじにしなくてはいけないと、二番めのラウラ姉さんに、ノラは何度も何度も聞かされた。ソンガがあのツノをぶつけてきたら、今度こそ、ただではすまない。

外には、松明《たいまつ》を手にした人間たちがいる。塔《とう》の外へ逃《に》げだすこともできない。

――魔女《まじょ》は火あぶりにしてやると、言っていたぞ。

魚の森でタタンの言った言葉が、唐突《とうとつ》によみがえった。

（火。……そうだ。それなら、ひょっとして）

これ以上、考えているひまはなかった。まともな魔女《まじょ》なら、魔法《まほう》で呪《のろ》いに対抗《たいこう》できる。しかしノラには、その力がない。

いちかばちかだ。

ノラは立ちあがりながら、欠けてしまった鱗《うろこ》を、本のページが入った袋《ふくろ》から引きはがした。ほどけていないほうの三つ編《あ》みに、竜《りゅう》の鱗《うろこ》の先端《せんたん》をあてる。

「ソンガ、こっちだよ！」

ノラの呼《よ》びかけにこたえて、ソンガがこちらへ来る。いつものめんどうくさそうな足どりではなく、あと足のひづめで壁《かべ》を蹴《け》りつけ、塔《とう》の中心の空間を、黒い稲妻《いなずま》みたいに飛んでくる。

二度、三度、太い三つ編《あ》みに、竜《りゅう》の鱗《うろこ》をつき立てる。四度めに横へすべらせて、やっと三つ編《あ》みを断ち切った。切りはなした三つ編《あ》みをにぎって、ノラは身をひるがえす。さっきまでノラの立っていた場所に、ソンガのひづめがぶつかって、埃《ほこり》を巻《ま》きあげた。ミダのとなりをすりぬけ、わずかに開いた扉《とびら》に体あたりするように飛びついて、ノラは外へ出た。

厚《あつ》い雲におおわれた空に、火の粉《こ》がはらはらと舞《ま》いあがっている。その火こそ、ノラに必要なものだった。

人間たちが、いっせいに悲鳴をあげた。

「キ……キサラだ！」

だれかがノラを見てさけんだ。ノラのうしろになびくいばらの髪《かみ》が、キサラに見えたのだろうか。キサラだったら、たくさんの花を飾《かざ》っているのに。もっと生き生きと、おどるように進むのに。

みんな、ノラとそっくりな髪《かみ》をしていた。女の人も、男の人も、すなおに下へ流れず暴《あば》れまわる、黒い髪《かみ》を生やしていた。みんながいばらの髪《かみ》を持っていた。

恐怖《きょうふ》に引きつった顔の人間が、松明《たいまつ》を槍《やり》のようにこちらへむけた。ノラはその火

から逃《に》げるのではなく、反対に手を伸《の》ばして、切りとった三つ編《あ》みを押《お》しつけた。いやなにおいがして、髪《かみ》の先に火が燃《も》え移る。熱さは感じなかった。人間たちの動きも、とてもゆっくりに見えた。

扉《とびら》が蹴破《けやぶ》られる。ノラは燃《も》える髪《かみ》をにぎって、ツノをふり立ててむかってくるソンガへ、むきなおった。体を低くして走り、三つ編《あ》みの炎《ほのお》を、小鬼《こおに》にやられたソンガのうしろ足の傷口《きずぐち》へ、力いっぱい押《お》しあてた。

傷口《きずぐち》から、生きたものでも死んだものでもないなにかの絶叫《ぜっきょう》がはじけ飛ぶ。

「もとにもどってよ、ソンガのばかっ！」

ソンガは怒《いか》りにまかせて、前足を蹴《け》りあげ――体を反転させると、ありったけの力をこめて、ツノを古びた扉《とびら》にふりおろした。

落雷《らくらい》に似《に》た音とともに、木の扉《とびら》の中央が砕《くだ》け、蝶番《ちょうつがい》が引きちぎれる。

ソンガはそのままひざを折り、荒《あら》い息をしながら、うずくまった。

ノラは燃《も》えて煤《すす》になりつつある三つ編《あ》みを打ち捨《す》てて、ソンガの首にしがみついた。ソンガと自分の心臓《しんぞう》が、めちゃくちゃにはねているのを感じた。

「……ノラ。どうした、泣くな」

ノラはますます強く、ソンガにしがみついた。ソンガがノラの顔や頭に鼻先でふれるたび、ひげがくすぐったかった。

「この娘《むすめ》は、キサラではないよ」

低い声が、手出しをしかねている人間たちを、一歩ずつうしろへさがらせた。

ノラはソンガに抱《だ》きついたまま、視線《しせん》をあげる。暗い灰色《はいいろ》のマントをすっぽりと着こんだ魔女《まじょ》が、こわれた扉《とびら》をくぐり、ノラたちの前に立っていた。

「な、なんで、こんなことするの?」

ノラは、座《すわ》りこんでいるソンガの前に立ちはだかった。魔女《まじょ》は——キサラの親友だったはずのミダは、灰色《はいいろ》の頭巾《ずきん》のかげに顔をかくしたまま、静かにこちらを見すえている。

「あたしたち、探《さが》してるものがあってここへ来たんだ。〈黄金《おうごん》の心臓《しんぞう》〉を探《さが》してるだけ――悪いことなんて、なんにもしてないよ！」

わななく声で訴《うった》えるノラに、相手が頭巾《ずきん》の下からつめたいまなざしを投げかけるのがわかった。

「〈黄金《おうごん》の心臓《しんぞう》〉など、ただの絵空事だ」

低い声だった。ノラが何度も指をすべらせた、なめらかな髪《かみ》をしたミダは、もうすっかり年をとってしまったのだ。

「塔《とう》に近づくな……いますぐにここを去るのでなければ、もっと手荒《てあら》なやり方で追いだすほかない」

ミダが、手にしている長い杖《つえ》の先で、どんと地面をついた。わずかに顔をあげると、しわにおおわれた口もとがあらわになった。

「この夜、ここにいていいのは、村の人間だけなのだ」

ノラの心臓《しんぞう》が、ぎくりとすくんだ。ミダの声は、まるで木の根よりもなお深いところから響《ひび》いてくるかのようだ。

「で、でも……それって、またぼくたちのだれかを、竜《りゅう》に」

ノラが声をふるわせると、ミダが、頭《ず》巾《きん》のかげからこちらをにらんだ。しわの奥《おく》の目が、松明《たいまつ》の明かりにぎらついていた。

「空に逃《に》げ帰れ。さもないと、今度はおまえのヤギの心臓《しんぞう》を止めてしまうよ」

ミダは杖《つえ》の根もとでおごそかに地面をたたきながら、人間たちの前へ移動した。

「ま、待ってよ、ミダ。子ども相手じゃないか」

松明《たいまつ》をかかげた女の人が、手をふるわ

せながら声をあげた。

「それに、けがをしてるんじゃないの？　手荒《てあら》なことは……」

人間たちが、不安げに目を見かわす。しかしミダは、聞く耳を持たなかった。

「出ていけ。これ以上ここにいれば、わたしはおまえたちに、もっと大きな災《わざわ》いを呼《よ》ぶ。出ていって、二度とここへ近づいてはならない」

炎《ほのお》を背《せ》に、魔女《まじょ》が低い声でそう告げたとき、

「もういいじゃないか、ミダ」

ノラのうしろからぼやりと、白い花を髪《かみ》に飾《かざ》ったキサラが現れた。人間たちが、そのすがたにどよめく。生きた大人たちの前で、キサラのすがたはいかにも華奢《きゃしゃ》で、たよりなかった。それでも毅然《きぜん》とした顔を、ミダのほうへむける。

幽霊《ゆうれい》をまのあたりにしたミダの肩《かた》が、たしかにふるえた。

「その子たちに、もうかまうな。なんにもするな。……竜《りゅう》は、もう人を食べたりしないよ」

最後のところは、ノラにむけて言ったように思えた。空に、焼けただれたように黒い雲が流れこみ、ひろがってゆく。

「今夜、月が出たら、竜《りゅう》が来る。あれから五十年がたったもんな？　だから、塔《とう》のそばにだれも近づかないように、魔法《まほう》の罠《わな》をしかけてたんだろ」

キサラの声がうんと大人びて、小さな体がそのとき、この場のだれよりも大きく見えた。

「でも、心配するな。あたしは、幸いまだここにいる。体はないけど、魂《たましい》ならある。魂《たましい》だって、竜《りゅう》なら食べられるだろ」

そのとき感じたおそれが、自分のものなのかミダのものなのか、ノラは区別がつかなかった。

「そ、そんな、だめだよ、キサラ！」

思わずさけぶノラに、キサラが頬笑《ほおえ》みを浮《う》かべる。まるで昔から知っている友達へむけるような顔だった。

「だけどこのままだと、また村のみんながこまるようになる。……このいばらの髪《かみ》がほかの人たちとちがうからってさげすまれて、ご先祖《せんぞ》さまは何度も住む土地を追われた。いつも、だれにもたすけてもらえなかった」

人間たちが、深くうつむくミダの背中《せなか》を見守っている。

「……昔から決まってるんだろ。大昔から。恵《めぐ》みをもらおうと思ったら、こっちからもなにかさしださなきゃいけないって」

空に蓋《ふた》をする雲が、いびつなうずを巻《ま》く。ミダの魔法《まほう》が、空気を不穏《ふおん》にかき乱《みだ》している。その空と、塔《とう》の下、人間たちの松明《たいまつ》の火が、だれの髪《かみ》にも飾《かざ》ることのできない花のように咲《さ》いている。

「……ノラ、乗れ。ここから逃《に》げるぞ」

ソンガが耳打ちしてきたが、ノラはうなずいたりはしなかった。

「だめだよ。キサラを見捨《みす》てていけないもん」

けれど、いったいなにができるというのだろう？　ノラの心臓《しんぞう》はかけたいと思った魔法《まほう》をかけられないし、いまはリンゴとタタンもはなれたところにいる。

「ミダ、もう時間がない」

ミダよりずっと若《わか》い女が空を見あげた。松明《たいまつ》の下で、その人のゆるくまとめただけのいばらの髪《かみ》がおどる。

「……よそ者に、見られてしまうぞ」

ひげを生やした男がささやく。ミダは考えこむようすで、杖《つえ》をにぎる手に力をこめる。

「なに言ってるんだ、いまさら」

声を張りあげたのは、キサラだった。死者の声に、村の人々が息をつめ、あるいは顔をこわばらせた。

「こうやって生きていくんだって、あたしの親友が選んでくれたんだ。あのとき、ミダが竜《りゅう》を呼《よ》ばなかったら、村は滅《ほろ》んでしまってた。今日を乗りきったら、あと五十年は、時間ができる。そのあいだに、考えたらいいじゃないか。竜《りゅう》にまた血と肉をさしだすのがだめなら、ほかの方法を考えてよ。みんなが生きていくための方法。まだ死んでないんだから、あんたたちはそれが仕事だろ」

月の明かりが、キサラの上へこぼれてきた。厚《あつ》い雲に割れ目ができたのだ。塔《とう》の上の鏡が光る。夢《ゆめ》で見たのと同じだった。塔《とう》の上から、淡《あわ》い銀色の光の柱が立つ。西からの風が、白い花びらを舞《ま》わせた。竜《りゅう》に食べられるとき、キサラの髪《かみ》からふりこぼれた花びらとそっくりだった。

空へと立つ光のなかを、影《かげ》がよぎる。竜《りゅう》だった。息を飲む音と悲鳴がかさなり、人々から発せられる恐怖《きょうふ》のにおいが、この場の空気をずしりと重くした。

もう一度、影《かげ》がよぎる。遠雷《えんらい》に似《に》た音、遠くから来た生き物の声が、天から地上へ降《ふ》ってきた。

「キサラ、だめだよ。逃《に》げなきゃ……もう、食べられたりなんか」

さわることのできないキサラの手をつかもうとするノラに、キサラは、頬笑《ほおえ》んでかぶりをふった。

「逃《に》げないよ。あたしは、このときのためにここに残ってたんだもん」

声を出すことができず、ノラは思いきり小さく首をふる。もう、あんな思いをするのはいやだった。目の前で友達が食べられてゆくのを、ただ見ているだけだなんて――

(ミダだって、もう、見たくないはずなんだ。だってあのとき、キサラが食べられてくとき、あんなに……)

深々としたため息が、ミダの口からもれた。ミダはうなだれながら、ゆっくりと首を横にふる。

「キサラ、もう、決まっているんだよ。五十年前、竜《りゅう》は魔女《まじょ》を食べなかった。おまえが身がわりになったからね。魔女《まじょ》の血と肉を食べなかったので、竜《りゅう》は、くれるはずの力をすべてわけあたえたわけではなかった……今度こそ、ささげなくちゃならないんだ。魔女《まじょ》の血と肉を」

ミダが、杖《つえ》をにぎる手で自分の胸《むね》をたたく。ぽかんとしているキサラの前で、村の大人たちの幾人《いくにん》かがすすり泣いた。

「村じゅうで、話しあって決めた。今夜、ミダが時間をつないでくれる。そのあとは今度こそ、だれの力も借りずに、生きる道を探《さが》しはじめねばならない……」

年とった男が、顔じゅうのしわを悲しげにゆがませた。

「……そんな」

キサラがささやきかけた、そのとき――

閃光《せんこう》が走った。

目が見えなくなったかと思うほどの光が、空間を染《そ》めあげた。銀色の月光ではない。もっと透《す》きとおった、はてしなく明るい光。なにが起こったのかわからず、ノラはまぶたをきつくつむってソンガの首に抱《だ》きついた。

怒《おこ》った獣《けもの》の咆哮《ほうこう》が、頭の上の空気を砕《くだ》いた。見あげた先に、ノラははっきりと竜《りゅう》のすがたを見た。地上を染《そ》める光に、竜《りゅう》が身をひるがえす。つめたい色をした瞳《ひとみ》で地上をにらみ、そうして竜《りゅう》は、上昇《じょうしょう》をはじめた。透明《とうめい》な翼《つばさ》をはばたかせ、月にむかって飛び去ってゆく。

鏡から生まれる光の柱が痩《や》せてゆき、ついに消えた。月が真上にぽっかりと出ているが、それよりも、地面のほうが明るかった。松明《たいまつ》の火よりも月光よりも、もっと白々と透明《とうめい》な光が、地の上に満ちていた。

キサラがぼうぜんと空をあおいで、立ちつくしている。

「だれだ……竜《りゅう》の目をくらませたのは」

ミダがだれの目にもわかるほど動揺《どうよう》して、肩《かた》をふるわせる。

「塔《とう》に、光を持ってきた」

ひょろりと背《せ》の高い人物が、片手《かたて》を高くかかげて声を張りあげた。いつ現れたのか、ノラはちっとも気がつかなかった。手に持っているのは、まぶしくかがやくビンだ。ビンのなかにはなみなみと水が封《ふう》じられていて、その水が、強い光をはなっている。その光を、ノラは見たことがある。あのまっ白な巨人《きょじん》、神炉《じんろ》の生みだす火の色だ。……どうしてあんなものが、ここにあるのだろう?

ガラスビンをかかげてゆっくり近づいてくる人物のわきをするりとぬけて、木立《こだち》の道から、小さな影《かげ》が走ってくる。この場にいるだれとも似《に》ていない金色の髪《かみ》が光る。必死で駆《か》けてくる、それはリンゴだった。

「ノラ！　ソンガ！」

松明《たいまつ》を手にした人々などまったく見えていないようすで、リンゴはまっすぐノラにむかってきた。神炉《じんろ》の火が塔《とう》のまわりを明るく照《て》らしていて、その顔をくっきりと見ることができる。リンゴの足もとへ風で飛んでゆく花びらを目で追い、キサラがほころぶような表情を浮《う》かべた。

「リンゴ！」

走るいきおいのままましがみついてくるリンゴをうけとめようとして、ノラは危《あや》うくしりもちをつきかけた。人間たちは、いまや一人もノラのことなど見ておらず、おどろきとおそれの入り混《ま》じったまなざしを、光をかかげる人物にそそいでいる。

「リンゴ……あれ、だれ？」

問うと、無理やり引き切ったノラの髪《かみ》を心配そうにさわっていたリンゴが、土で汚《よご》れた顔をあげた。

「木に食べられてた人だよ。あの人、水をとどけに来たの」

「み、水？　だって、あの光は――」

とぎれることなくはなたれる光のすじに、あの神のはやさの花々が見えるようだった。

「……立ち去れ！」

ミダがほかの者たちの前へ進みでて、杖《つえ》で空気をはらった。手ざわりがあるほどの魔法《まほう》が、地面のすれすれを駆《か》けてゆく。しかし、とつぜん現れた人物のかかげるビンの光にふれるや、ミダの生んだ魔法《まほう》は散《ち》り散《ぢ》りにはじけ、あとかたもなく消え失せた。

「今夜にまにあうように、これをとどけに来たんだ。竜《りゅう》にたよらなくても、ここに住むあなたたちがたすかるように」

しゃべっているのは、ただの人間だった。痩《や》せて、着ているものもよれよれだ。ぶ厚《あつ》いめがねをかけた顔は、いかにもびくびくしていて、まぶしい光と不つりあいだった。

「あいつ、見おぼえがあるぞ」

ソンガが、うずくまったまま頭をめぐらせた。

「ノラと同じところへ行こうとしてたの」

そう言ってうなずくリンゴに、ノラは困惑《こんわく》した。頭のなかで、記憶《きおく》と、リンゴの言うことが結びつくのに、何秒もかかった。

「……あっ。リンゴたちが、雨鳥《あまどり》の都に来るとちゅうで会ったって言ってた人？」

「そう。タタンがつかまっちゃったけど、たすけてくれたの」

リンゴが力強くうなずくが、ノラにはなにがなんだかわからない。よく見ると、リンゴは頬《ほお》や腕《うで》のあちこちにいくつもすり傷《きず》を作っている。落とした薬を拾いに行って、いったいなにがあったのだろう？

（タタンは、どこに行ったんだろう……？）

もどってきたのはリンゴだけで、タタンのすがたはどこにもなかった。

「ここを去れ」

ミダが、なおも杖《つえ》のいしづきで地面をついた。

「この村に、神炉《じんろ》の火は必要ない」

人々の手の松明《たいまつ》が、不安定に揺《ゆ》らぐ。さっきのミダの魔法《まほう》にふれて、消えてしまった松明《たいまつ》もいくつかあった。

「……どういうこと？　神炉《じんろ》の火なんて、そんなもの……この村で、もらえるはずがないのに」

ミダのうしろで村人がささやいて、くちびるをふるわせる。

「ここでなにがおこなわれていたのかは、知っています。あなたがたのように、犠《ぎ》牲《せい》になる者を選んで生きるための力を手に入れてきた人々が、ほかの土地にもいた。ぼくは、人間が犠牲《ぎせい》を出さずに生きていける方法を、ずっと探《さが》しているんです」

めがねの男が、たよりない声を張りあげた。ビンを持つ手がふるえるせいで、あたりを染《そ》めあげる光も小刻《こきざ》みに揺《ゆ》れている。

「だまれ！　よそ者が、よくも、知ったような口を」

ミダがどなると、火の消えた松明《たいまつ》を、年とった村人が地面へかなぐり捨《す》てた。

「そうだ。おまえたち外の人間は、わしらのいばらの髪《かみ》がけがらわしいと言って、ずっとのけ者にしてきたじゃないか。神炉《じんろ》のためのトンネルを掘《ほ》れと、働《はたら》き手をつれていったっきり、一人も帰さなかったじゃないか。それをいまさら……」

声がわななく。めがねの男は手をおろし、神炉《じんろ》の火が入ったビンを布でつつんだので、光は急におとなしくなった。

「これ以上、光を手に入れるため、神炉《じんろ》のために不幸になる人を、ふやしたくないんです」

めがねの男が言うと、はっと、キサラが小さく息を飲んだ。いつしか雲は完全に消えていて、深い藍色《あいいろ》の空とまるい月の銀色だけが、この場を見おろしていた。

「ぼくは、神炉《じんろ》を地の底へ帰すために、あちこちを歩きまわっています。あなたたちの村と同じく、公平に神炉《じんろ》の火をわけられていない土地が、ほかにもある。あの巨人《きょじん》たちは、地上の空気のなかで生きる種族《しゅぞく》ではないんだ。それなのに、人間がこんなにたくさんの神炉《じんろ》を引っぱりだしてきてしまった。それでもなお、全員が豊かになることができていないんです。このやり方は、いつまでもつづかない……これからすこしずつ、神炉《じんろ》をもといた場所へ帰すべきなんです」

とつぜんの言葉に、ミダも村の人間たちも、おどろきの声を発した。もちろん、ノラだってその一人だった。

神炉《じんろ》を、地の底へ帰す……セムも、そうすべきだと言う者たちがいるのだと言っていた。けれども、そんなことができるのだろうか？

（だけど、もしもそれができたら……？　そうしたら、シュユ・シンも、時の牢《ろう》から出てこられるんじゃないかな。もしも、ほんとうにそうなったら……）

「神炉《じんろ》を地底へ帰すためには、またたくさんの人の力が必要になる。神炉《じんろ》の火を手に入れる前、人間はただ無力な存在《そんざい》だった。だけど今度は、いまいる神炉《じんろ》の力をわけあって、人間が力をたくわえておくことができるんです。神炉《じんろ》にたよらず、だれも犠牲《ぎせい》を出さずに生きていく方法を探《さぐ》る、その時間を得られるだけの力をたくわえておける。そのために、ぼくはあちこちへ、神炉《じんろ》の火をとどけている。……実現できるのか、いまはまだわかりません。それでも、やらなければならない」

重い静けさがおりてきて、月明かりの感触《かんしょく》が肌《はだ》にひしひしと感じられた。

「……ミダ、どうする」

ノラを見てまっ先にキサラとさけんだ村人が、魔女《まじょ》へ視線《しせん》をむけた。ミダは杖《つえ》をにぎりしめて深くうつむき、こたえない。

「で、でもこれで……」

青白い顔をした若者が、松明《たいまつ》をにぎる手を危《あぶ》なっかしくふるわせた。

「こ、これで、ミダだけにたいへんな思いをさせずにすむんだ。そうだよな？」

村人たちが、不安げに視線《しせん》をかわした。いかめしい顔をする者もいれば、どこかほっとした表情を浮《う》かべる者もいる。

「もらったらいいじゃないか」

キサラが、軽やかな足どりで進みでた。ミダのとなりに立ち、神炉《じんろ》の火を持ってきた人間を見あげる。

「使ったらいいよ。ミダが守ると決めた村をたすけてくれるものなら、なんだって」

ミダがうなだれた。低く低く、それは、火をもたらした人間に、頭をさげているかのようだった。

「ああ……そうだね。竜《りゅう》を導《みちび》くための月の石も、猫《ねこ》にとられてしまったらしい」

ミダの言葉に、ノラは塔《とう》の上をふりあおいだ。すると、塔《とう》のてっぺんで、くねりと長いしっぽが揺《ゆ》れるのが見えた。タタンが鏡のかけらを投げあげ、手のなかへかくす。頭巾《ずきん》になかばかくれたミダの顔が、ふとノラのほうをむいた。疲《つか》れたようすで、肩《かた》で息をつく。

「……おまえの探《さが》し物は、探《さが》す必要などない。それよりも、友達をだいじにおし。

「……わたしのようにならないように」

どういう意味だろう？　ノラは目をしばたたいた。

布につつまれたビンが、ミダの手へわたされる。となりではキサラが頬笑《ほおえ》み、村の人間のなかには、うつむいて泣いている者もいた。短く刈《か》ったり、頭のうしろでたばねたいばらの髪《かみ》が、それぞれに揺《ゆ》れていた。そのなかでキサラの花でいっぱいの髪《かみ》が、だれの髪《かみ》よりもいちばん自由で、生き生きとしていた。

やっぱり、キサラは幽霊《ゆうれい》には見えない。もしかしたら、このまま村の一員にもどって、ミダといっしょに暮《く》らしてゆくんじゃないだろうか……体がなく、魂《たましい》だけだとしても。

そうなったらいいのにと、ノラは祈《いの》るように思った。

7　三人の魔女《まじょ》

「きみがノラだね」

ミダにビンをうけわたした男が、こちらへ近づいてきてノラたちの前にひざを折った。かたわらに大きなかばんをおろし、なかへ手をつっこんで引っかきまわす。髪《かみ》はぼさぼさで、衣服もすっかりくたびれている。とても、あの大きな光をここへもたらした人物には見えなかった。

「あった、あった。……探《さが》していたきみたちの荷物は、わけあってみんななくしてしまったんだ。ぼくの持っている薬を使うといい」

かばんのなかには荷物がめちゃくちゃな状態《じょうたい》でつめこまれていて、引っぱりだされた小《こ》ビンには、包帯《ほうたい》と麻《あさ》ひもが何重にも巻《ま》きついていた。

「これを塗《ぬ》ろう」

男はそう言って、ソンガの左側にしゃがみ、うしろ足をささえながら傷《きず》に薬を塗《ぬ》りこんだ。ノラ以外の、しかも人間にさわられて、ソンガは目にいらだちをやどしながら、それでもおとなしくしていた。

「あの神炉《じんろ》の火……使っても大丈夫《だいじょうぶ》なの？」

この火も、だれかをいけにえにして得られたのではないだろうか？

「ああ、心配いらないよ。あの火を生んだ神炉《じんろ》は、雨水を飲んで生きられるようになっているんだ。ずっと前に、いけにえをほしがらなくなった神炉《じんろ》だよ」

「……そ、それって、雨鳥《あまどり》の都の？」

目をみはるノラに、男はうなずいた。その横顔はどこか雨鳥《あまどり》の都のセムに似《に》ていたけれど、もっとゆったりとして、使いこまれたランプの火のようだと、ノラは思った。

「おーい、片《かた》づいたか？」

塔《とう》の上からひょっこりと顔を出したのは、タタンだった。いつのまにのぼったのか、タタンは塔《とう》のへりにひじをつき、手のなかの小さな石を投げあげてみせる。ミダが五十年前にはめこんだ月の石は、猫《ねこ》のつめではずれてしまったらしい。

「この石、いくらで売れると思う?」

「捨てちまえ、そんなもの」

ソンガが、苦々《にがにが》しげに毒《どく》づいた。

「リンゴ、タタンとなにがあったの?」

するとリンゴは、いつもの調子で頰笑《ほおえ》んだ。

「クモにつかまったけど、タタンが糸を切ったんだよ。それから学者さんが来て、神炉《じんろ》の火で、クモを追いはらってくれたの」

リンゴのまなざしや言葉に、学者だというこの人間をこわがる気配は、まったくなかった。

「……さっき言ってたの、ほんとう?」

ノラは、ソンガの足の手当てをおえた人間にむかって、小さな声でたずねた。

「神炉《じんろ》を地の底へ帰すって」

学者は顔をあげ、はっきりとうなずいた。

「いつになるかは、わからないけどね。たぶん、そんなことを言っている者は、まだぼく一人だから」

それはまるで、自分の夢《ゆめ》が遠い未来に叶《かな》うのだと信じてうたがわない、小さな子どもみたいな言い方だった。

「いつか……魔女《まじょ》も地面の上へ帰ってこられる？」

ノラは、つづけて問う。〈黄金《おうごん》の心臓《しんぞう》〉を探《さが》すための力を、いまはこの人間への問いかけにすべてそそいでしまっているみたいだと、自分でも不思議《ふしぎ》に思った。それくらいに、知りたいなにかを相手が秘《ひ》めているのを、どこかで感じとっていた。

「あたしの心臓《しんぞう》は、生まれてすぐに、止まりかけたの。それを、人間のお医者がなおしてくれたんだって。あたし、棲《す》み家《か》からおりてきて、地面の上で、きれいなものをたくさん見たから……たくさんの人がいるって知ったから、いつか魔女《まじょ》も、また地面の上で暮《く》らせたらいいなって……」

「もしかして――」

学者の大きな目が、めがねの奥《おく》でさらに大きく見開かれた。なにかとてつもないものを発見したかのように、口がわなわなとふるえている。

「きみのお父さんを、知っているよ」

「えっ？」

思いもよらない言葉に、ノラは胸《むね》の血管《けっかん》がしゅんと鳴るのを聞いた。学者は不ぞろいな髪《かみ》の先をたよりなく揺《ゆ》らし、何度もうなずいている。

「うん、そうだよ。まちがいない。あの人以外には、いないもの。はじめに神炉《じんろ》の火を使いはじめた町、〈あかつき〉に住みついて、人間のためにたくさんの知恵《ちえ》をあたえてくれた人だ。なんていう偶然《ぐうぜん》だろう、こんなところで会うだなんて。ぼくは直接会ったことがないけれど、その人の書いたものを、ずいぶんとくりかえし読んだんだよ」

ノラは、鱗《うろこ》が欠けてしまった袋《ふくろ》を、ぎゅっとにぎった。

「お父さん……いまもそこにいるの？」

「いや、それが……」

そこで学者は、急に声をすぼませ、頭をかきながらうつむいた。

「……じつは、もう亡《な》くなったと聞いているんだ。たしか病気で、たすからなかったと……ごめんよ、とても残念《ざんねん》だ」

ノラはなにも言えずに、小さく首をかたむけた。下をむいただけなのか、学者の言葉にうなずいたのか、自分でもわからない。ただ、なにをどう感じたらいいのか、わからなかったのだ。

「でも、〈あかつき〉の町へ行けば、きみのお父さんの書いたものが、いまも保管されている。そのなかに、探《さが》しているこたえがあるかもしれない」

学者の声が力をおびた。ノラは顔をあげ、くちびるを結んで、うなずいた。

塔《とう》の前でミダと話をしていたキサラが、こちらへふりむいた。村の人一人ひとりの顔をのぞきこみ、そうしておどるような足どりで、こちらへむかってくる。なんときれいなんだろうと、ノラは見とれた。キサラはいばらの髪《かみ》に、まるであの月の石をいくつも飾《かざ》りつけているかのようだった。花飾《はなかざ》りを揺《ゆ》らしながら、友達とひさしぶりに話せたうれしさに満たされたキサラが走ってきて、けれど——

パタン！

本を閉《と》じる音が、その動きを止めた。

宙《ちゅう》を舞《ま》う花びらが、風のかたちをなぞったまま空中で停止《ていし》する。あたりから、いっさいの音が消える。

ノラの目の前で、学者が中途半端《ちゅうとはんぱ》に持ちあげた手を硬直《こうちょく》させ、身動きを止めている。草も、風も動かなかった。

「え……？」

となりにいるリンゴのスカートが、なびきかけたまま止まっている。若葉色《わかばいろ》の目はぱっちりと開かれ、まばたきひとつしなかった。リンゴの手にふれてみても、まるであたたかい石像のようにびくともしない。

「ソンガ、たいへん……！」

ヤギを揺《ゆ》さぶろうとした手を、ノラは引っこめた。首を伸《の》ばしかけた姿勢《しせい》で、ソンガはかたまっていた。学者も、ミダも、村の人たちも、みんな動かない。

ノラは腕《うで》じゅうにとりはだが立つのを感じ、あわててあたりを見まわした。ひとりでに呼吸《こきゅう》がはやくなる。息をしているのは、ノラだけだった。

「むかえに来たわよ、ノラ」

よく知っている声が響《ひび》いた。はっと視線《しせん》をそちらへむけ、ノラはおかしな夢《ゆめ》に迷《まよ》いこんだにちがいないと思った。塔《とう》にいる夢《ゆめ》、三人の姉さんたちが出てくる夢《ゆめ》に。

草の上に立っているのは、だって、ノラの姉さんたちだったのだ。見まちがえようがなかった。すらりと背《せ》の高いズー、勝ち気そうなラウラ、不機嫌《ふきげん》にうつむいたココ……空の上の塔《とう》にいるはずの三人の姉さんたちが、そこにいた。

おそれが、ノラの胸《むね》のなかでうずを巻《ま》いた。

（そんな。どうしてここに……）

ズーの手には、古びた大きな本がかかえられている。ズーの魔法《まほう》の本だ。

「話がめんどうになりそうなので、みんな止まってもらったの。すぐもとにもどしてあげるから、安心なさい」

ズーはそう言って、立ちつくしているノラのあごに手を伸《の》ばしてきた。夢《ゆめ》ではな

い。ひんやりとしてやわらかい、姉さんの指の感触《かんしょく》が、たしかにした。

「まったく、こんなに痩《や》せて」

眉《まゆ》をひそめ、ズーはノラの顔をあちこちへむかせる。

「髪《かみ》もぼろぼろね。このひたいの傷《きず》はなに？　こんな野蛮《やばん》な人間たちにかこまれて」

「ち、ちがうよ……」

うったえようとしたが、のどの奥《おく》で声がもつれて、うまくしゃべることができない。ラウラが、大げさにため息をついた。

「なにがちがうっての？　あいつら、あんたを地上から追いだすために来たんでしょ。いかにも、自分でものを考えない村人たちって感じじゃない。もうわかっただろうけど、地面の上は魔女《まじょ》のいる場所じゃないの。いつまでもへそをまげてないで、おとなしく帰るんだよ」

ラウラの手が伸《の》びてくる。つかまる前に、ノラがあとずさると、鋭《するど》い舌打《したう》ちの音がした。ラウラではなく、そのうしろにいるココがもらした音だ。そう気づいたノラの背中《せなか》に、ココの片目《かため》のない人形が、音もなくぴたりとくっついていた。

「ま……待って」

片方《かたほう》しかない人形の目が、肩《かた》ごしにのぞきこんでくる。ノラは、ふるえながら歯を食いしばった。

「あ、あたし、見つけなきゃいけないんだ。ひいひいおばあちゃんが、教えてくれたの……〈黄金《おうごん》の心臓《しんぞう》〉を見つけて、あたしも、ちゃんとした魔女《まじょ》になって……」

ぺちんと、人形の小さな手が、ノラの頭をたたいた。ノラはびくりとして、言葉を引っこめる。

「ばかみたい。だれがノラに、ちゃんとした魔女《まじょ》になれなんて言ったの？」

ココが怒《いか》りのために青ざめた顔をむける。目が、暗くぎらついていた。

「え……？　だって」

「あんたはこんなことしないで、棲《す》み家《か》でおとなしくしてればいいの。あんたが勝手なことすると、みんなが迷惑《めいわく》するの。ちゃんとした魔女《まじょ》になんてならなくていいから、棲《す》み家《か》でじっとしてればいいの！」

綿《わた》のつまった人形の手が、ぱたぱたとノラの脳天《のうてん》をたたく。ちっとも痛《いた》くないのに、ソンガに階段《かいだん》からつき落とされたときよりずっと強い衝撃《しょうげき》が、ノラを襲《おそ》った。

「だって……」

リンゴも、ソンガも動かない。村の人々も、ミダも。

なにもかもが動かない視界《しかい》のすみで、ふと、白いスカートがひらめいた。

「いいかげんにしなよ。あたしの友達に、好きほうだい言って」

キサラだった。いったいどうやって自由をとりもどしたのか、ノラの頭にしがみつく人形を、薄《うす》気味悪そうに見やっている。

「おや、幽霊《ゆうれい》が混《ま》じっていたの」

ズーが本を開こうとしたが、キサラが邪魔《じゃま》をした。本の表紙を押《お》さえるキサラの手に、ズーが片方《かたほう》の眉《まゆ》を持ちあげた。

「死者だから、わたしの本にふれられるのね。やっかいだわ」

「なにしたんだか知らないけど、みんなをもとにもどしてよ！」

自分より背《せ》の高いズーにすこしでも視線《しせん》をあわせようと、キサラがつま先立ちをする。ズーは幽霊《ゆうれい》を、さげすみのこもった目で見おろした。

「死んでるくせに、生者に指図《さしず》しないでもらえる？　あなたは、もうこの世にいなくていいのよ。この人間が、村に神炉《じんろ》の火をもたらしたんでしょう？　こんなものを使うことが、賢明《けんめい》だとはとても思えないけれど」

ミダがたくされたガラスのビンは、魔法《まほう》で静止した空気のなかでも、煌々《こうこう》とかがやきをはなっている。

「魔女《まじょ》を追いはらってまでだいじにしてるんだ、人間は、神炉《じんろ》の火だけ使ってればいいんだよ」

ラウラが言ったとき、塔《とう》のうしろからひとつの影《かげ》が現れた。一気にこちらへ駆《か》けてくると、ノラの頭にとりつく人形を引ったくった。三人の姉さんの顔色が変わる。

ココの人形を地面に押《お》しつけ、ほんとうの猫《ねこ》のように低い姿勢《しせい》で身がまえているのは、タタンだった。とっさに塔《とう》の屋上で身をかくしたのか、ズーの魔法《まほう》にかからずにすんだのだ。

「――かえしてっ！」

ココが絶叫《ぜっきょう》すると、金の髪《かみ》が稲妻《いなずま》のかたちにひろがった。バチバチと怒《いか》りの音を立てて、髪《かみ》の毛が空気を焼く。焦《こ》げくさいにおいが満ち、風が吹《ふ》いた。稲妻《いなずま》のせいで、ズーの魔法《まほう》さえほころびかける。

「ほしけりゃ、とってこいよ！」

タタンが崖《がけ》のむこうへ力いっぱい人形を投げるので、ココがますますかん高くさけんだ。

「走れ、逃《に》げるぞ」

ノラの手をつかみ、タタンが駆《か》けだす。大きくよろけながら、ノラは必死で足をふみしめた。

「だめだよ、リンゴとソンガが……！」

言いおわらないうちに、背後《はいご》でひづめが地面を蹴《け》った。ソンガだ。ココの癇癪《かんしゃく》で、ズーの魔法《まほう》に破れ目が生じたのだ。同じく動けるようになったリンゴの襟首《えりくび》をくわえ、ソンガは自分の背中《せなか》へ投げあげる。

「ノラ、走れ！」

けがしたうしろ足に力をこめられないまま、ソンガがどなった。危《あや》ういところでバランスをとり、背中《せなか》にまたがったリンゴが、手綱《たづな》をにぎってこちらへ手を伸《の》ばす。あの学者も、動けるようになっていた。村の人間たちも、ミダも。あの人たちを無視《むし》して、逃《に》げていいのだろうか？　ノラはリンゴの手をとる判断《はんだん》ができなかった。タタンがもっとはやく塔《とう》からはなれる道すじを、ソンガに教えながら走ろうとし――どっと、横へ吹《ふ》き飛ばされた。地面の上を転がるタタンの上に、大きな影《かげ》がのしかかる。悲鳴をあげて、ノラは身をこわばらせる。

青黒い毛並みの狼《おおかみ》が、タタンの上に足をのせ、こちらをむいて低くうなった。

「かわいい生き物つれてるじゃない、ノラ」

狼《おおかみ》とタタンのそばへ、ラウラが歩みよってきた。短いマントが、鳥の翼《つばさ》のようにはためいている。

「あたしの魔獣《まじゅう》ほど、賢《かしこ》くはなさそうだけど」

地面にたおれながら指先のつめをむきだすタタンののどを、狼《おおかみ》がたくましい前足でふみつける。いつでも咬《か》みつけることをしめして、牙《きば》をむいてタタンに鼻面を近づけた。ラウラのマントの内側から、コウモリのすがたをしたべつの魔獣《まじゅう》が半分現れかける。

「やめてよ……」

自分の声がほんとうに音になっているのか、ノラはわからなかった。背後《はいご》で、砕《くだ》けた魔法《まほう》が不気味なきしみをあげている。人のさけび声と、どなり声が飛びかう。空の高いところで、月だけが静かだった。

「ま、魔女《まじょ》……」

ノラのけがを気づかってくれた女の人が、姉さんたちのすがたに声をうわずらせた。

「ああ、もう。よけいなことするから。人間とは、かかわりたくないのに」

ラウラが狼《おおかみ》の背後《はいご》から、タタンのほうへ首をかしげた。

「姉さん、やめてよ……あ、あたしの友達に、なんにもしないで」

ふうん、と、ラウラが鼻であざ笑った。

「友達、だって。あの幽霊《ゆうれい》も友達、この猫《ねこ》も、その女の子も友達だって言うつもり？　こんな場所で、友達なんてできるわけないじゃない。あたしたちは、魔女《まじょ》なんだよ」

「ラウラ！　そんな猫《ねこ》、ぼろぞうきんにしちゃってよ！」

ひとりでに崖《がけ》から浮《う》きあがってきた人形をひしと抱《だ》きしめ、ココが凶暴《きょうぼう》な顔でさけんだ。ラウラは妹の絶叫《ぜっきょう》を、せせら笑う。

「やだね。動物には、ひどいことしない主義なの。この猫《ねこ》、あたしの魔獣《まじゅう》にしちゃおうかな」

ラウラのマントから、ヘビの尾《お》を生やしたコウモリが飛びだす。真上をさわがしく飛びながら、狼《おおかみ》にふみつけられたタタンにむけて、さかんに牙《きば》を見せつけた。

「ミダ、なんとかしなくちゃ……」

親友にたすけを求めるため、キサラが本から手をはなした。一瞬《いっしゅん》のすきをついて、ズーが開いたページの上に指を走らせる。ふっと、あたりが完全な暗闇《くらやみ》になった。インクで目に蓋《ふた》をされたかのように、なにも見えない。

「ノラ、もうおわり。あなたは、わたしたちと帰るの。もう、人間にかかわってはだめ」

長い髪《かみ》を耳にかけ、魔法《まほう》の暗闇《くらやみ》のなかに一人すっくと立って、ズーがまっすぐノラのほうへむかってくる。

（もうだめだ……姉さんたちが、まさか追いかけてくるなんて。ああ……あたし、失敗したんだ）

ノラはあとずさることすらできずに、近づいてくるズーをただ見あげていた。

「ノラに、ひどいことしたらだめ」

赤いワンピースが、ズーの前に立った。リンゴだ。ノラをかばうように、両腕《りょううで》をひろげてズーを見すえている……ほかのみんなは見えないのに、一人だけ魔法《まほう》から自由だ。ズーが意外そうに眉《まゆ》を持ちあげ、本をぱらぱらと開いてページに目を落とす。

「あら、あなたは……ふうん、わたしの魔法《まほう》を破ったの？」

金色の髪《かみ》を闇《やみ》のなかにはっきりと浮《う》かびあがらせて、リンゴはズーをにらんでいる。

「ノラは、〈黄金《おうごん》の心臓《しんぞう》〉を見つけに行くんだよ。ひどいことしちゃ、いじめちゃだめ」

そのリンゴの声が、景色をよみがえらせてゆく。ソンガが、タタンが、キサラが魔法《まほう》の暗闇《くらやみ》から自由になった。学者がおどろいた顔で自分の手を見る。

ぶかっこうな輪《わ》を描《えが》いて飛んでいたコウモリが、「ギィ」とだしぬけに悲鳴をあげた。

「……姉さん、まずいよ。そいつ、枷《かせ》なしの魔女《まじょ》だ」

ラウラが声音をうわずらせる。

ふれていないのに、ズーの本がひとりでに開き、ページがつぎつぎにめくれてゆく。めまぐるしいはやさで開いてゆくページが風を生み、ズーの髪《かみ》をはためかせた。

「よせ……よしなさい！」

ミダの杖《つえ》が、どんと地面をたたいた。リンゴにむかってさけんでいる。なにが起きているのか、ノラにはさっぱりわからなかった。姉さんたちは、なにをそんなにあわてているのだろう？　それよりも、リンゴをソンガの背中《せなか》へもどさなければ。この子はあまり走れないし、すぐに疲《つか》れてしまうのだ。神炉《じんろ》の食べ物にされるために育てられて、ずっと外へ出たことがなかったのだから……

「ギャン！」

タタンを押《お》さえこんでいた狼《おおかみ》が、とつぜん悲鳴をあげて飛びすさった。尾《お》をうしろ足のあいだにまるめこみ、リンゴが鞭《むち》を持ってでもいるかのように、耳をたお

しておびえきった姿勢《しせい》をとる。

せきこみながら起きあがったタタンが、駆《か》けよってリンゴの肩《かた》をつかもうとする。どうしてそんなことをするんだろう？　リンゴはただ、見開いた目をズーの本にむけているだけなのに。

ズーの魔法《まほう》の本が、すさまじいはやさでページを展開《てんかい》してゆく。文字のかたちに似《に》た光が、ズーの顔の前に巻《ま》きあがり、複雑《ふくざつ》な気流を生む。

「……わたしの本に、勝手なことをしないで」

ズーがあんなふうに顔をゆがめるのを、見たことがなかった。リンゴにむかって言っているのだ。リンゴはなにもできない、ノラのとなりをついてくるだけの子どもなのに。あの子は、なにもこわいことなんてしないのに……

ズーが本の上に指を置こうとする。電気でも走ったかのように、その手がはじかれる。キサラが、ズーがふれられないよう、ページの上に両の手をかざしていた。

「ノラ、行け！　見つけたいものがあるんだろ。こんなとこで、つかまるな――」

ズーが、ふっと息を吹《ふ》いた。お弔《とむら》いの日の晩餐《ばんさん》を用意するときの顔をして。それと同時に、こちらへむかってさけぶキサラのすがたが、かき消えた。まるで最初からいなかったかのように、キサラのいた場所にはただ空気があるばかりだった。髪《かみ》の花飾《はなかざ》りさえ、花びらをこぼさず消えた。

そのむこうに、ミダの顔がある。苦しみと歳月《さいげつ》がそのまましわになって刻《きざ》まれた顔が、泣いているのが見えた。

「キサラ……どこ？　返事して」

こたえる声はなかった。

ズーが歯を食いしばり、声をもらした。突然《とつぜん》本が重くなったかのように、眉間《みけん》にしわを寄せている。その本を、一度もまばたきをせずにリンゴが見つめつづけていた。

本からあふれでた光の紋様《もんよう》がからみあいながら、ノラたちの上を飛びかう。ドーム状《じょう》に頭上をおおう文字がしだいにせまってきて、ノラたちの腕《うで》や首にからみつく。ズーがやっているのではなかった。ズーは魔法《まほう》の本を制御《せいぎょ》できずに、けんめいに腕《うで》でささえているだけだ。

ぱちんと、リンゴが両の手を閉《と》じあわせたとき、本が閉《と》じた。

まっ暗になる。なにも見えず、なにも聞こえなかった。自分の体がどこにあるのかも、ノラは感じとることができなかった。リンゴやソンガ、タタンがどこにいるのかも。

まるで、けがをして雨鳥《あまどり》の都へ運ばれたときみたいだった。あのときとちがうのは、大きな魔法《まほう》の力が満ち満ちている、それだけははっきりわかるということだ。

魔法《まほう》がノラを、どこかへつれていこうとしている。

どこへ、だれの魔法《まほう》が？　わからない。

ノラは、圧倒的《あっとうてき》な魔法《まほう》に身をまかせるほかなかった。

日向理恵子（ひなた りえこ）

1984年兵庫県生まれ。主な作品に「雨ふる本屋」シリーズ（童心社）「火狩りの王」シリーズ（ほるぷ出版）『ネバーブルーの伝説』（角川書店）『迷子の星たちのメリーゴーラウンド』（小学館）『星のラジオとネジマキ世界』（PHP研究所）『魔法の庭へ』（童心社）などがある。

吉田尚令（よしだ ひさのり）

1971年大阪府生まれ。絵本や書籍の挿画などを手がける。おもな作品に「雨ふる本屋」シリーズ（童心社）絵本『希望の牧場』『悪い本』（共に岩崎書店）星につたえて』『ふゆのはなさいた』（共にアリス館）『はるとあき』（小学館）などがある。

いばらの髪のノラ II 雨の都と月の竜

2024年6月14日 第1刷発行

作 日向理恵子
絵 吉田尚令
装丁 椎名麻美
発行所 株式会社童心社
東京都文京区千石4-6-6
電話 03-5976-4181（代表）
03-5976-4402（編集）
印刷 株式会社光陽メディア
製本 株式会社難波製本

https://www.doshinsha.co.jp/
Published by DOSHINSHA Printed in Japan
ISBN978-4-494-02844-3
NDC913 19.4×13.4cm 287P